옛날이야기

옛날이야기

ⓒ 들녘 2009

초판 1쇄 발행일 2009년 4월 24일

지은이 미우라 시온

옮긴이 권남희

펴낸이 이정원

펴낸 곳 도서출판 들녘

등록일자 1987년 12월 12일

등록번호 10-156

주소 경기도 파주시 교하읍 문발리 파주출판단지 513-9

전화 (마케팅) 031-955-7374 (편집) 031-955-7381

팩시밀리 031-955-7393

홈페이지 www.ddd21.co.kr

값은 뒤표지에 있습니다. 잘못된 책은 구입하신 곳에서 바꿔드립니다.

ISBN 978-89-7527-828-0(03830)

옛날이야기 미우라 시온 지음 | 권남희 옮김

들녘

러 브 리 스

가구야히메

할아버지가 대나무 숲에서 번쩍거리는 대나무를 발견했다. 잘라보니 안에 작은 여자아이가 들어 있었다. 3개월 만에 아름다운 아가씨로 성장한 여자아이에게, 할아버지는 '가구야히메'라는 이름을 붙여주었다. 가구야히메가 절세가인이라는 소문을 듣고 다섯 명의 귀족이 청혼해왔다. 가구야히메는 그들 모두에게 풀기 어려운 문제를 내주었다. 문제를 푼 사람은 아무도 없었다. 소문을 들은 임금까지 가구야히메를 궁궐로 부르려고 했지만, 가구야히메는 그것조차 거절하고 왕과는 글을 주고받는 관계에만 머물렀다.

어느 날, 가구야히메가 달을 보며 울기 시작했다. "나는 달나라 사람인데, 다음 보름달이 뜨는 밤에 달에서 나를 데리러 온답니다." 이 이야기를 들은 왕은 즉시 많은 병사를 파견했지만, 달에서 온 사자使者들 앞에서는 속수무책이었다. 가구야히메는 할아버지와 왕에게 이별의 편지와 함께 죽지 않는 약을 선물로 남기고 달나라로 돌아갔다. 왕은 가구야히메도 없는 마당에 불사의 몸이 되어서 무엇하겠느냐며 그 약을 후지산 정상에서 태워버렸다.

할아버지는 스물일곱 살에 죽었다고 한다. 아버지도 스물일곱 살에 죽었다. 그리고 나도 지난 달 네가 축하해주었다시피, 스물일곱 살이 되었다.

엄마는 종종 말했다. "네 아버지 집안은 저주받은 거야"라고. 아버지 집안의 남자들은 하나같이 일찍 죽었다. 엄마는 그게 당연한 결과라고 한다. "날라리 같은 인간들만 모인 탓에" 여자들에게 원한을 사서 수명이 단축된 거라나.

할아버지는 만난 적도 없고 아버지는 기억도 나지 않는다. 그들이 어떻게 죽었는지 모르지만, 나하고는 상관없는 옛날이야기다.

다만 제사니 뭐니 하는 걸로 아버지 쪽 친척들 모임에 딱

한 번 갔던 기억이 난다. 꽤 충격적인 광경이었다. 남자는 서른 넘어서까지 산 사람이 없으니, 모인 사람이라곤 여자와 아이들뿐이었다. 그래도 짧은 인생 속에서 잘도 여자를 꾀어 자손을 만든 걸 보면 정말로 '날라리' 집안이었던 모양이다.

할아버지에 이어 아버지까지 2대가 연달아 스물일곱 살에 죽어서 엄마에게 늘상 "스물일곱 살이 되거든 1년간은 너무 나돌아다니지 말고 몸조심해라" 하는 말을 들으며 자랐다. 그것이 내가 기억하는 엄마의 마지막 말이기도 하다. 물론 엄마가 죽지 않았을 거라고 한다. 하지만 엄마는 내가 초등학생 때 어디 사는지도 모르는 놈팽이와 함께 행방을 감춰버렸다. 그걸로 끝이다. 나는 외조부모 밑에서 자랐다. 노인네들 말에 따르면 엄마도 꽤나 '날라리 불량소녀'였던 모양이다.

나는 스물일곱 살이 되는 것이 두려웠지만 한편으로 몹시 기다려지기도 했다. 예를 들면 "내일 운석이 지구와 충돌합니다" 하는 NASA의 발표가 있었다고 치자. 그럴 경우 무섭긴 하지만 도망칠 수는 없는 것과 같은 마음이라고나 할까? '설마' 하는 마음과 '대체 어떻게 되는 걸까? 무슨 일이 일어날까?' 하고 두근두근 설레는 기분도 분명 있었다. '스물일곱 살'에 대한 나의 감정은 그런 것이었다.

스물일곱 살이 되어도 별로 달라진 것은 없었다. 갑자기 내장 기능이 떨어지는 걸 느꼈다거나, 밤길에 간발의 차로 폭주 차량을 피했다거나 하는 일 따위는 전혀 일어나지 않았다. 진이 좀 빠지긴 했지만 어쨌든 살아서 이 나이를 넘기고 싶었기 때문에 방심은 하지 않았다. 일과 사회생활이 있으니 엄마가 말한 것처럼 '몸을 조심하고' 살 수만은 없었지만.

첫 번째 메일에 대한 답장이나 전화가 없는 걸 보니 너는 쿨쿨 자고 있는 모양이다. 한밤중에 보냈으니 당연한 걸까? 차라리 그게 낫다. 답장은 하지 마라. 이건 자기 위안 같은 것이니까. 너는 아침이 되어야 이 메일을 읽을 테지. 그렇게 생각하니 조금 안심이 된다.

그렇긴 하지만 손가락이 마비될 것 같군. 이 휴대 전화는 한 번에 몇 자 정도의 메일을 보낼 수 있으려나? 코딱지만 한 버튼을 누르는 것을 좋아하지 않는 데다, 손님에게 연락할 때는 대개 전화로 빨리 끝내기 때문에 휴대 전화의 메일 기능을 거의 사용한 적이 없다. 기껏해야 〈어젯밤엔 즐거웠어〉나 〈요즘 어떻게 지내냐?〉 정도다.

나는 지금 평소 잘 쓰지 않던 뇌와 손가락 끝을 모두 가동 중이다. 네가 아무 연락도 없이 주소를 바꾸지 않기를, 그래서 이 메일이 미아가 되지 않기를 기도한다.

시간이 없으니 본론으로 들어가자.

나는 지금 하루미 부두의 창고 안에 숨어 있다. 정확히 말하자면 생명의 위기에 처해 있다. 기노사키파 녀석들이 손전등을 들고 나를 찾느라 분주하게 움직이고 있다. 아주 가까이에서. 너무나 한심한 상황이다. 나 자신이 생각해도 웃기지만 사실이다. 창고 안은 몹시 덥다. 갈증이 난다.

메일 따위 보내지 말고 경찰에 바로 전화하면 될 텐데, 너는 이렇게 생각할지도 모르겠다. 하지만 놈들이 이미 경고한 터라 어쩔 수가 없다. "경찰에 알리기만 해봐. 시골에 사는 너희 조부모를 죽여 버릴 테니"하고.

그런 노인네들, 부디 죽여줘. 너희들이 죽이지 않아도 어차피 황천으로 갈 나이야. 그렇게 말해주고 싶었지만 경찰에 연락할 수는 없었다. 조직에 속한 놈들은 한다면 반드시 하니까. 나를 키워준 노인네를 아프게 하고 싶진 않다.

나도 어쩐지 할아버지와 아버지처럼 '스물일곱 살의 저주'에서 벗어나지 못할 것 같다. 마魔의 스물일곱 살을 맞이하여 딴에는 정말 신중하게 산다고 살았는데, 대체 내게는 얼마큼 강력한 저주가 내린 것일까?

발단은 지난 달 내 생일이었다.

1년에 한 번뿐이라고 해도 과언이 아닌 대목이라 테이블 여기저기에서 대기하고 있는 여자들 사이를 전전했다. 이런 대목에 한 여자에게 애프터 언질을 하게 만드는 것만큼 어리석은 짓도 없다. 나는 나비처럼 팔랑팔랑 몸을 날리며 아침까지 조금이라도 많은 꿀을 빨아들이는 데 전념했다.

플로어는 화려하고 향기로운 꽃으로 넘쳐났다. 여자들이 불꽃 튀게 경쟁하며 선물 공세를 해왔다. 개봉된 술병과 함께 건네는 꾸러미들. 나는 눈으로 액수를 대충 헤아리며 모든 여자에게 "땡큐"하고 말했다.

"이 정도로는 나를 만족시키지 못하지"라는 걸 깨닫게 할 만큼의 쌀쌀함을 유지한 채 액수에 걸맞게 입술 끝의 각도를 미세하게 조정하면서 웃었다.

내 직업을 알고 나서 간혹 진지한 얼굴로 충고하는 녀석도 있다. "사람의 마음을 돈으로 환산하거나 사랑을 떼어서 파는 짓은 그만 둬." 어째서인지 남자들이 그런 말을 많이 한다. 고등학교 동창회 같은 데 갈 때마다 진절머리 나게 듣는 말이다.

나는 사랑을 파는 게 아니다. 대가에 걸맞은 서비스를 팔고 있을 뿐이다. 그리고 마음은 돈으로 표현할 수 있는 게 아닐까? 그렇지 않다면, 어째서 이 세상에 돈과 얽힌 분쟁들이 그토록 많겠는가? 돈이 마음의 표현이라서 사람도 거기에 배신과 증오를 투영하는 게 아닌가?

신문 독자란에 투고해도 좋을 만한 고마운 의견을 경청한 후, 나는 그 녀석에게 말했다.

"네 마누라, 아까부터 저기서 투덜거리고 있더라. '우리 남편, 돈벌이가 시원찮아서 미치겠어요. 책임감이 없달까, 사랑이 느껴지지 않는달까. 결혼을 너무 빨리 한 것 같아요.' 하고."

"여자들한테 인기 많아서 좋겠네." 이렇게 히죽거리는 녀석들도 있다. 야유와 선망이다.

'여자에게 인기 있는 남자'란 없다. 반대로 '남자에게 인기 있는 여자'도 없다. 나는 단순히 '나 같은 남자를 좋아하는 여자에게 인기가 있는 것'뿐이다. 국지한정局地限定. 인기가 많다고 생각하는 사람은 대개 자기 매력이 아주 좁은 범위에만 통용된다는 걸 모른다. 그걸 착각하여 우쭐거리면 이런 일을 할 수 없다. 자기 매력의 사정거리를 잘 알고 효과적으로 손님을 겨누어 쏘아야만 되니까. 내가 신경 써서 상대

하는 손님은 모두 다섯 명이다. 생일날 밤에는 당연히 다섯 명 모두 가게에 왔다.

60대 주부 이시다. 남편은 중소기업의 사장. 돈과 자유를 주체 못하는 여자다. 아이들을 다 키우고 나서 갑자기 한가해진 전업주부로, 세상 물정 모르는 전형적인 현모양처 타입이다. 사춘기 여중생과 걱정을 사서 하는 엄마가 섞인 모습으로 나를 대하는 게 싫지 않았다.

이시다는 그날 밤도 내가 테이블에 앉자마자 붉게 상기된 얼굴로 물었다.

"밥은 잘 챙겨먹고 다니는 거야?" 나는 소파 등받이에 팔을 걸치면서 그녀의 어깨에 살짝 손바닥을 올렸다. 그리고 가만히 있었다. 이시다는 긴장한 나머지 목소리를 떨면서 말했다. "선물이 있어."

이시다가 검은 보스턴 가방에서 꺼낸 것은 불상이었다. 높이는 와인병 정도, 표면의 금색이 그을려 있었다.

나도, 테이블을 둘러싸고 있던 도우미들도 어안이 벙벙했다. 이시다가 좀처럼 손에 넣기 힘든 귀한 불상이라고 설명했다. 하지만 젊은 도우미 녀석들은 웃음을 참고 있다는 티를 노골적으로 드러냈다.

원칙으로는 사람 창피하게 만들지 말라고 호통을 쳤어야

옳다. 하지만 그럴 겨를이 없었다. 나 역시 터져 나오는 웃음을 참느라 필사적이었기 때문이다. 이런 선물은 처음이다. 불상의 가치 따위는 모르지만, 내 입가는 웃음을 참느라 큰 주름이 생겼을 것이다. 나는 고맙다고 말하고 얼른 테이블을 떠났다.

기모노 차림의 구라모치는 플로어 한가운데 테이블에서 나를 기다리고 있었다.

"당신이 갖고 싶어 하던 벤츠의 걸윙도어. 실버 메탈릭이야."

나는 테이블에 놓인 열쇠를 흘끗 보고 대답했다.

"고마워요."

"우와, 대단하네요."

도우미들은 진심으로 부러워하는 기색이다.

"넌 안 태워줄 거야, 인마."

"어머나, 나는?"

구라모치가 파운데이션이 들뜨기 시작하는 40대의 피부를 붉게 물들이며 내게 살짝 시선을 던졌다.

"다음에 자기 가게까지 태워다 줄까? 전화할게."

깔끔하게 세팅한 올림머리가 흐트러지지 않도록 주의하면서 그녀의 귓가에 속삭였다.

아베는 샐러리맨의 아내다. 어떤 구실을 만들어 밤에 집을 빠져나오는지는 모른다.

적은 돈도 모으면 액수가 제법 된다. 도우미들은 그녀가 생활비를 변통하고, 부업을 하고, 그러다 빚도 내어 이 가게에 다니는 것 같다고 수군거린다. 하지만 그것은 그녀의 문제이지 나하고는 관계없다. 내가 뭔가를 요구한 적은 없으니까.

아베가 10만 엔짜리 돈페리를 주문했다고 도우미가 귓속말을 해서 나는 구라모치 자리에서 일어났다. 아베가 앉은 테이블에는 들러붙어 있는 도우미가 적었다. 조명도 어둡다.

"안녕."

나는 소파에 몸을 깊숙이 파묻고 앉아 아베의 얼굴을 올려다보았다. 이런 여자는 호화찬란한 자리에 오면 위축되게 마련이다. 조금이라도 자존심을 부추겨 긴장을 풀어주어야 한다. 그렇게 하면 일개미처럼 부지런히 먹이를 날라다준다. 한 번에 가져오는 양이 적어도 상관없다.

"생일 축하해."

아베가 말했다. "이거 어울렸으면 좋겠는데."

양복이 들어 있는 상자 같다. 아르마니. 알기 쉽네. 나는 테이블 구석에 앉아 있는 신참 도우미를 불렀다.

"너, 양복 부족하다고 투덜거렸지? 이거 가져."

신참 도우미는 나와 양복 상자와 아베를 번갈아 보면서 우물거렸다. "그렇지만……." 아베는 창백해진 얼굴로 상황을 지켜보고 있다.

"나하고 체격이 비슷하니까 잘 맞을 거야."

내가 거듭 말했다. 선배격인 도우미가 눈치 챘다는 듯이 아베에게 들리도록 한 마디 덧붙인다.

"톱을 달리는 사람은 너와 달라. 특별 주문한 것밖에 입지 않는다고. 집에 가보면 어마어마한 옷들이 얼마나 많다고. 근사한 양복이 줄줄이 걸려 있지. 사양하지 말고 받아둬."

"감사합니다."

신참은 양복 상자를 안고 나와 아베에게 머리를 숙였다. 나는 아베의 어깨를 안았다. 그녀가 울상을 지었다. 기껏 준비한 선물이 남의 손에 가버려서. 나는 돈페리를 잔에 따라 그녀의 입술에 대주며 나직하게 속삭인다.

"당신 덕분에 후배 앞에서 체면을 세웠어요. 고마워요."

그러고는 소파에서 일어나 뒤도 보지 않고 다음 테이블로 향한다. 도우미들이 그녀를 교육시킬 것이다. 자기가 선물한 옷을 내가 입기 바란다면, 더 노력해야 한다고.

여대생인 반은 부모 돈으로 놀러 온다. 아버지는 회사 임원이라고 한다. 얼마나 버는 회사인지 모르겠지만, 자식을 방임하는 데도 정도가 있어야 한다. 안 그랬다가는 정신을 차릴 때쯤 큰 타격을 받을 것이다. 그만큼 반은 씀씀이가 헤프다. 나도 언젠가는 독립할 꿈을 갖고 있다. 그러니 시들해지기 전에 반에게서 잔뜩 뜯어내야 한다.

반이 말했다.

"아빠한테 들켰어요. 이제 못 올 것 같아요."

반은 핸드백에서 300만 엔을 꺼내 테이블에 올려놓았다.

"이걸로 시계라도 사요. 나 잊어버리지 말고요."

"고마워. 갑작스럽게 엄청난 선물을 주네, 자기는."

나는 이렇게 대답하면서 담배를 물었다. 도우미가 옆에서 얼른 불을 붙여준다. 반은 멍청해서 빈정거림이 통하지 않는다.

"그지? 죽자 사자 모았어."

마치 칭찬을 기다리는 개처럼 천진난만한 태도다.

눈에 띄지 않는 구석진 테이블에서 도우미 하나가 "로마네콩티 94년. 감사합니다!" 하고 소리를 지른다. 한 병에 120만 엔짜리다.

나는 잠깐 앉아 있다가 일어나서 안쪽 테이블로 발길을 옮겼다. 반이 콧소리로 말한다. 불만인 모양이다.

"벌써 가는 거야? 마지막인데?"

나는 물론 그녀의 말을 무시했다. 반의 테이블에 앉아 있던 도우미가 얼른 수습을 했다.

"곧 돌아올 거예요. 보세요, 여기 담배도 두고 갔잖아요. 뭐니 뭐니 해도 반 씨를 제일 마음에 들어 한다고요."

그 담뱃갑 빈 거야, 바보. 그냥 내버려둬도 되는데. 이제 오지 않을 거라고 하는 여자에게까지 예의 바르게 매뉴얼대로 응하고 앉았군.

나는 못마땅해 하면서 플로어 담당한테서 새 담배를 받아들고 안쪽 테이블에 갔다.

진보는 아름다운 여자다. 서른둘이라고 하지만 가끔 나보다 젊어 보인다. 가끔은 여기 모이는 어떤 손님보다 노숙해보일 때도 있다.

내가 다가서자 진보는 익숙한 손놀림으로 로마네콩티를 잔에 따라 앞으로 내민다.

"고맙습니다."

"고마워. 좋은 술이네." 나는 살짝 입만 대면서 말했다.

진보가 뭘 하는 여자인지 신중하게 탐색했지만, 도저히

알아내지 못했다. 햇병아리가 아닌 것만은 분명하다. 하지만 술집에 나가는 것 같지도 않다.

이런 일을 할 때는 여자를 둘러싼 분쟁에 휘말리지 않도록 각별히 조심해야 한다. 하지만 진보는 경호원을 데리고 온 적이 없다. 누군가에게 감시당하는 여자 특유의 주뼛거리는 느낌도 없었다. 그렇다고 가벼운 흥분을 느끼며 스릴을 즐기는 것 같지도 않았다.

그녀는 아주 현명하다. 대부분의 여자가 한 번쯤은 조르는데, 진보는 자기 방에 오라고 말하는 법도, 내 방에 가보고 싶다고 말하는 법도 없다. 그저 언제나 담담하게 가게에 와서, 돈을 쓰고, 나와 이야기를 하고, 잊어버릴 쯤 호텔로 간다.

진보는 도우미가 따라준 술에 손을 대지 않았다.

"자기는 안 마셔?"

내가 물었다. 묻는 순간, 불길한 예감이 들었다. 진보는 잘 훈련된 종업원들조차 재떨이 교환하는 타이밍을 맞출 수 없을 정도로 헤비스모커다. 그런데 이날 밤에는 그녀가 우아하게 불을 빨아들이는 모습을 볼 수 없었다.

"여러 가지 생각했는데."

그녀는 사포로 밀어서 반들반들하게 만든 듯한 목소리로

말했다. 담배로 목이 상한 사람만이 낼 수 있는 목소리다.

"당신 생일 선물은 아이로 하기로 했어."

"뭐야, 그게 무슨 소리야?"

나는 동요를 감추며 애써 차갑게 말했다. 도우미들이 숨을 삼키며 끓어오르는 호기심에 귀를 바짝 세웠다.

"가능하면 빨리 아이를 원한다고 했지? 생겼어."

진보는 무표정하게 왼손으로 자기 배를 어루만졌다. 오른쪽에 앉아 있던 나는 그녀의 허벅지에 부드럽게 손을 내려놓으며 낮은 목소리로 말했다.

"장난치지 마."

평소와 다름없는 호된 밤을 보내고 너의 맨션에 갔다.

"애가 생기거나 말거나 내가 알 게 뭐야" 하고 진보를 밀쳐내고, 아침녘에야 겨우 가게 일을 마쳤다. 막 일어나서 출근 준비를 하고 있던 너는 생일 선물이라며 아침밥을 해주었지. 그것이 내가 그날 받은 선물 가운데 제일 싼 선물이었다.

너는 심야에 날아온 의미를 알 수 없는 메일에 슬슬 의심과 기대를 품기 시작했을 것이다. 너한테 손해될 만한 일은 아무것도 없으니까 안심하고 읽어주길 바란다.

나는 지금도 내가 결정적인 실수를 저질렀다는 생각은 들지 않아.

진보에게 "이런 직업이지만, 그래도 언젠가는 아이를 갖고 싶어"라고 말한 기억은 확실히 난다. 하지만 그건 어디까지나 '가족과 인연이 없는 남자의 이야기'로서 내뱉은 발언에 지나지 않는다. 서비스의 일환일 뿐, "네가 낳아주길 바란다"고 했던 건 아니다. 무엇보다 나는 항상 피임에 만전을 기했다.

진보가 정말로 임신했다고 해도 그게 내 아이일 리가 없다. 무슨 일이든 100퍼센트라고 단언할 수 있는 건 없지만, 나도 프로다. 그런 면으로는 상당히 신경을 쓴다. DNA 감정이든 뭐든 해달라고 말하고 싶었지만, 진보는 그런 게 통하는 상대가 아니다.

손바닥이 땀에 젖어 축축해졌다. 피곤하다. 좀 쉴게.

지금 창고에 숨어 있다고 말했지? 바닥은 콘크리트고 천장은 무지하게 높다. 넓고 어둡기만 한 밤의 창고에 빛이라곤 휴대 전화의 파란 액정 화면과 천장 가까운 곳의 벽에 나란히 붙은 작은 창문으로 들어오는 가로등 불빛뿐이다. 어둠에 눈이 익숙해지고 나서야 쌓여 있는 상자 내용물이 컴퓨터란 걸 알았다. 중국인가 어딘가에서 조립된 싸구려 제품인가 보다.

먼 곳을 달리는 차 소리와 배가 다닐 때마다 부두의 절벽에 부딪치는 파도 소리. 둘 다 희미한 소리인데 묘하게 잘 들린다. 거기에 섞여 사람들이 나를 찾아다니는 발소리도.

너는 매일 아침 텔레비전에서 방송하는 오늘의 운세 코너를 본다고 했지. 운명을 믿냐?

……생각해보니 사랑을 믿느냐고 묻는 것만큼이나 쑥스러운 질문이네. 나는 믿고 싶지 않다. 운명도, 사랑도. 어느 쪽도 실제로 본 적이 없으니까. 혹은 "그게 그거였던가?" 하고 생각했을 때는 이미 늦은 거니까. 그런 거라면 없는 것과 다름없다. 운석이 지구에 충돌하는 것과 비슷한 이치다.

충돌했을 때는 어차피 모든 것이 끝나 있다.

스물일곱이 된 지 한 달, 나는 평소와 다름없는 생활을 계속했다. 하지만 그 동안에도 사태는 계속 나쁜 쪽으로만 굴러갔다. 잡고 있는 줄의 가는 섬유가 한 가닥씩 조용히 끊겨가는 것처럼. 그러다가 마침내 운運에게 버림받는 일이 생길지도 모른다.

반은 자기가 미리 예고했듯이 생일날 밤 이후로 가게에 발길을 뚝 끊었다. 나는 딱 한 번 "건강하지? 어떻게 지내?" 하면서 가게에 올 것을 은근히 재촉하는 전화를 걸었다. 그랬더니 "좋은 공부를 했다고 생각해요. 아빠에게는 엄청 혼났지만 즐거웠어요"라고 했다. 손님을 한 사람 놓친 셈이다. 하지만 잡지는 않았다. 이 장사는 자신을 값싸게 보이면 그걸로 끝장이니까. 가는 사람은 절대 잡지 않는다는 원칙을 고수해야 한다.

놀랍게도 아베의 남편이 죽었다. 아베는 가게에 왔다가 인제나 그랬듯 내가 테이블에 앉자마자 말했다.

"남편이 분신자살했어."

아무 일도 아니라는 듯이. 말을 듣는 순간 일주일 전쯤 신문에 실렸던 기사가 떠올랐다. 구청에 다니는 한 남자가 산업폐기물 관련 부서의 일을 몹시 힘들어한 나머지, 다마 강 하천부지에서 등유를 뒤집어쓰고 분신했다는 내용이다. 배경을 추적한 특집 기사가 실렸을 만큼, 표현이 좀 그렇지만 '화려하게' 다루었다. 그것이 수수한 아베에게 어울리는 건실한 남편의 최후였다.

"힘들었겠어요."

그러자 아베가 내 어깨에 뺨을 기댄 채 넋 잃은 표정으로 대답했다.

"유산도 좀 있고 보험도 나온대. 저기, 같이 여행 가지 않을래?"

웃기고 있네.

"미안해요. 하지만 요즘 시간이 없어요. 많이 지쳤을 텐데 혼자 여유 있게 다녀오는 건 어때요?"

나는 성가신 일에 말려들지 않으려고 발버둥을 쳤다. 아베는 전에 없이 적극적이다. 금전적으로 어지간히 여유가 생겼는지 평소에는 입에 올린 적도 없던 애프터 신청까지 했다.

"오늘은 무리. 감기 기운이 있어서 곧장 집에 가서 잘 생각이에요."

그렇게 말해도 믿지 않는다. 할 수 없이 "그럼 자기가 집까지 태워다줄래요?" 하고 제안했다.

아베는 가게에서 택시로 20분 정도 걸리는 내 맨션까지 동승했다. 그녀는 집 앞까지 따라 올라왔다가 내가 "잘 자요" 하고 현관문을 닫고 체인을 걸자 그제야 돌아갔다. 나는 거실 창으로 아베를 태운 택시가 떠나는 모습을 확인했다.

제대로 된 손님이 없다.

잠시 후 바로 집에서 나와 큰길에서 택시를 잡아타고 가게로 돌아왔다. 구라모치의 예약이 들어와 있었기 때문이다.

"어디 갔다 온 거야?"

구라모치가 지친 표정으로 불평을 늘어놓는다. 월급 지불이 늦어져서 가게 아가씨들을 통솔하기가 어려워졌느니 어쩌니 하는 이야기다.

너 주려고 차를 사서 그렇잖아. 나랑 좀 더 놀아줘야 하는 거 아냐? 원망의 말들이 계속 이어졌다.

"그렇게 유세 떨 일은 아니지. 내가 언제 차 사달라고 했어?" 내가 소리를 지르자 구라모치는 그제야 입을 다물었다.

채찍 뒤에는 사탕이 필요한 법. 그날 밤 실컷 놀아주느라 심신이 피곤했다. 성가셔서 걸윙은 일찌감치 팔아 현금으로 바꿔버렸다. 하지만 성가신 일은 계속되었다.

나는 걸윙을 파는 김에 이시다에게 받은 불상도 돈으로 바꾸기로 마음먹었다. 불상 따위는 내 방에 어울리지 않는다.

차를 인계한 후, 휴일 하루를 온전히 바쳐 적당한 고미술상을 찾아다녔다. 특별히 아는 데가 없던 터라 긴자 뒷골목에서 때마침 셔터를 내리는 가게 영감에게 말을 걸었다.

무뚝뚝한 영감이 나를 가게 안으로 불러들이더니, 불상을 찬찬히 바라보면서 가격을 말했다. 생각지도 못한 가격이다.

"그걸로 됐어요."

나는 일부러 건성으로 말했다. 반짝이는 영감의 눈을 보고 낡아빠진 불상의 가치를 새삼 깨달았지만, 나는 별로 개의치 않았다. 어차피 선물로 받은 것이니, 원가는 0엔인 셈이다. 생각지도 않았던 수입이 생겨 기분이 좋았다. 영감이 시키는 대로 양도인 장부에 주소와 이름을 썼다. 신분증이 필요하다고 해서 순순히 운전면허증을 보여주었다.

사흘 후에 경찰이 찾아왔다. 자고 있는데 문을 두들겨 깨우더니, 그 불상을 어디서 입수했는지 묻는다. 아마 도난품이었던 모양이다. 고미술상 영감이 몇 년 전 어느 절에서 도둑맞은 불상과 닮았다는 사실을 깨닫고는 쓸데없이 양심을 발휘하여 신고한 것이다. 잠자코 누군가에게 팔아치우면 될 것을.

나는 손님에게 생일 선물로 받은 거라고 설명하고 이시다에 관한 정보를 경찰에 알려주었다. 골치 아픈 선물을 해가지고는! 세상 물정 모르고 순진하기만 한 이시다에게 화가 나서 미칠 것 같았다.

이시다는 경찰에서 참고인 조사를 받았다. 물론 그녀는 도난품이란 사실을 몰랐을 것이다. 내가 불상을 판 데 화가 났는지, 아니면 나를 만나러 다닌 걸 들켰는지, 어쨌든 그녀는 그 후부터 가게에 오지 않았다.

"요즘 재수 없는 일만 생기네요."

도우미들이 말했다. 하지만 아무도 진심으로 동정하거나 걱정하지 않는다. 누군가 실패하면 그만큼 자신의 매상이 올라가니까.

사람들 소리가 점점 가까워진다. 기노사키파의 손길이 드디어 옆 창고까지 미친 것 같다. 차라리 얼른 발각되면 좋겠다. 그러면 더 이상 공포나 초조함을 느끼지 않아도 되니까.

어릴 때, 숨바꼭질을 하다가 담벼락 뒤에 숨어 있으면서 오줌 싸는 걸 좋아했지. 술래를 기다리는 일에 흥분하면서도 심심함을 주체하지 못해 좀이 쑤셨던 거다. 너는 그러지 않았냐? 여자들은 꼬마여도 밖에서 오줌을 누지 않나?

하지만 지금은 오줌이 마렵지 않다. 아까부터 공포와 더위로 땀을 흘리고 있어서.

운이 좋지 않을 때는 돈을 두는 장소를 바꾸는 습관이 있다. 나는 오늘 방구석에 두었던 종이가방을 들고 역 앞으로 갔다. 종이가방 안에는 지난 달 월급과 불상을 판 돈이 다발로 들어 있다. 그리고 걸윙 값이 입금된 은행 통장도.

맨션에서 나오니 커다란 흰색 벤츠가 서 있었다. 낯선 차였다. 처음에는 은행에 돈을 맡길 생각이었지만 곧 마음을 바꿨다. 아마 예감이었을 것이다. 나는 갈아입을 옷이 들어 있기라도 한 것처럼 아무렇지 않게 종이가방을 역 코인로커에 집어넣었다. 편의점에서 봉투와 우표를 사고 도토루에서 커피를 마시며 봉투에 주소를 썼다. 로커 열쇠를 넣어 단단히 봉한 뒤, 우체통에 던져 넣었다.

나는 그 길로 전철을 타고 시간에 맞춰 출근했다.

진보가 기노사키파 간부의 애인이란 걸 알았을 때는 이미 늦었다. 나는 가게로 몰려온 기노사키파 놈들에게 끌려 나갔다. 상대는 세 사람으로 사무실까지 가자고 나를 차에 태우려 했다. 걸음아 날 살려라 하고 도망쳤지만, 신주쿠 역의 혼잡한 인파에 섞이기 직전에 그만 잡히고 말았다. 당연히 죽도록 얻어맞았다.

내가 말했다. "잠깐. 너희들이 뭔가 착각하고 있어."

주먹이 내 얼굴로 날아들었다. 코의 연골이 부러져 미끌미끌한 피가 단번에 턱을 적셨다. 피는 목 안으로도 흘러내렸다.

단단한 금반지를 낀 남자가 불쌍하다는 눈으로 도로에 엎어져 있는 나를 보았다.

"착각이든 뭐든 아무래도 좋아. 문제는 다야마 씨가 너 때문에 체면이 말이 아니라고 화를 내고 있다는 사실이다. 알겠냐? 엄청 화가 나 있다고. 널 도쿄 만에 던져버릴 거라고 하더라."

"몰랐어. 그 여자가 다야마 씨인가 뭔가 하는 사람의 여자라는 걸, 나는 정말 몰랐다고."

남자는 등을 구부려 내 코를 손가락 끝으로 잡더니 친절하게도 부러진 뼈를 원래대로 돌려놓았다. 말도 못하게 아팠다. 통증이 둔한 소리를 내며 두개골에 울려 퍼질 정도였다.

"자, 갈까?"

남자가 말했다.

나는 차에 실려 어디론가 끌려갔다.

"돈으로 해결이 되겠나?"

물어보았다.

"2억."

남자가 대답했다. 그건 무리다. 요컨대 나를 살려줄 마음이 없다는 뜻이다. 차는 사무실 같은 데로 가지 않았다. 바다가 점점 가까워졌다. 나는 차에서 내리는 순간 틈을 봐서 도망치기 시작했고, 간신히 창고에 숨어들어 지금 이러고 있다.

이것이 마지막 메일이다. 이제 휴대 전화의 송신 기록을 삭제해버리면 모든 게 끝이다.

나카메구로 역 로커. 3000만 엔 정도는 될 테니 마음대로 써도 좋다. 전부 줄게. 혹시 괜찮다면 노인네들한테도 좀 나눠주고. 노인네들 연락처는 0772-32-87XX이다. 물론 마음이 내키면.

사랑해서 너를 선택한 게 아니다. 너는 내게 아무것도 원하지 않고, 내게 돈을 쓰지 않은 유일한 사람이다. 그래서 골랐을 뿐이다. 가끔은 그런 선택을 하는 것도 재미있을 것 같아서.

그래, 아마도 사랑이 아니라.

답장 없는 메일을 하염없이 길게 보내자니 묘하네. 덕분에 공포는 잊을 수 있었다.

웅성거림. 손전등이 달빛처럼 차갑게 바닥을 비춘다.

나는 이제 곧 먼 곳으로 간다.

로켓에 대한 추억

꽃 피우는 노인

　할아버지와 할머니가 강을 타고 떠내려 온 강아지를 주웠
다. 강아지는 무럭무럭 자랐다. 어느 날, 개는 할아버지를 산
으로 안내하더니 땅을 파게 했다. 할아버지가 땅을 파니 보
물이 잔뜩 나왔다. 그걸 본 옆집 할아버지가 개를 빌려서 억
지로 산으로 안내하게 하고는 자기도 땅을 팠다. 쓰레기와 벌
레만 잔뜩 나왔다. 화가 난 이웃집 할아버지는 개를 죽였다.
　개 주인이었던 할아버지는 몹시 슬퍼하며 무덤을 만들어
주었다. 무덤에 심은 나무는 무럭무럭 자랐다. 할아버지는 그
나무로 절구를 만들었다. 떡을 찧자 크고 작은 떡들이 마구
나왔다. 그걸 본 옆집 할아버지가 절구를 빌려다 떡을 찧었
다. 나오는 것은 오물뿐이었다. 화가 난 옆집 할아버지는 절
구를 태워버렸다.
　옆집 할아버지에게 절구의 재를 받아서 돌아온 할아버지
는 나무에 올라가 그것을 뿌렸다. 시든 나무에 꽃이 피었다.
지나가던 임금님이 기뻐하며 포상을 내렸다. 그걸 본 옆집 할
아버지도 재를 뿌렸다. 하지만 꽃은 피지 않고 임금님 눈에
재가 들어가 죽도록 혼났다.

어차피 마지막에 "반성하고 있습니다. 형기를 마치면 마음을 바로잡고 똑바로 살 생각입니다"라고 쓰고 나면, 형식적인 절차에 따라 처리되겠지? 별로 내키지 않지만, 뭐 됐어. 어쩔 수 없지. 옛날이야기 하나 할까? 어릴 때 키웠던 로켓 이야기야. 우선 그 녀석 이야기를 하지 않으면 의미가 없으니까 말이지.

로켓은 연갈색 개로 양쪽 귀 끝이 꺾여 있었다. 동그랗게 말린 꼬리 끝은 오른쪽으로 기울어진 채 엉덩이 위에서 흔들렸다. 강아지 때, 로켓처럼 맹렬하게 밥그릇을 향해 달려간다고 해서 로켓이란 이름을 붙여주었다.

물론 애완동물 가게 같은 데서 산 개가 아니다. 나에겐 함께 시간을 보낼 생물을 돈을 주고 사는 악취미는 없다. 이런 저런 사람들에게 차마 말할 수 없는 짓을 해서 지금 여기에 있긴 하지만, 어쨌든 그것만큼은 내 신념이다. 자랑은 아니지만, 여자를 사는 일 역시 단 한 번도 하지 않았다. 그러지 않아도 충분히 인기가 있으니까. 이건 자랑이다. 잘 적어라.

로켓은 내가 이웃 친구와 강가 모래밭에서 캐치볼을 하며 놀고 있을 때, 상류에서 떠내려 왔다. 빠져죽기 직전에 살려냈다. 로켓이 빠져죽을 뻔 한 게 아니라, 내가 말이다. 그녀석은 강아지 주제에 비교적 강의 흐름을 잘 탔다. 지방 신문에도 기사가 나왔다. 〈소년, 강아지를 구하려다 강에서 익사할 뻔〉이라고. 시골 마을이라 어지간히 화제가 없었던 가 보다.

함께 있던 친구도 로켓을 키우고 싶어 했지만, 말도 안 되지. 내가 목숨을 걸고 구했는데! 강가에서 "어떡하지, 어떡하지?"하고 울상만 짓고 있던 녀석에게 로켓을 맡길 순 없잖아. 그렇게 해서 로켓은 우리 집에서 살게 되었다.

지금처럼 주인이 애완동물 옆에서 잠시도 떨어지지 않고 귀여워하는 한심한 세태 같은 건 없었던 때라, 로켓은 대개 마당에 묶인 채 방치되었다. 로켓도 별로 불만은 없어보였다. 그저 줄이 닿는 끝까지 개집 주위를 킁킁거리기도 하고,

앞발 위에 턱을 올리고 자거나, 가끔 생각났다는 듯이 잠깐 짖어보기도 하며 하루를 보냈다. 밥그릇에 먹다 남은 밥을 담아주면 기울어진 꼬리를 분주히 흔들었다. 우리 집에서는 먹다 남은 밥을 주는 경우가 많았다. 사료는 먹다 남은 밥이 나오지 않은 날만 맛볼 수 있는 특별식이었다. 그러나 로켓은 "오늘은 맛있는 거야" 하면서 그릇에 사료를 수북이 담아 주어도 차이를 별로 느끼지 못했다. 먹을 수 있는 거라면 뭐든 상관없다는 식으로 언제나 같은 리듬과 같은 폭으로 꼬리를 흔들었다.

로켓은 마당에 구멍을 파기도 하고, 목에 걸린 고리를 빼내려 하는 등 개가 흔히 하는 장난을 했다. 그다지 똑똑하지는 않았지만 애교는 있었다. '그다지 똑똑하지는 않았지만'이라고 한 것은 그렇지 않을까 하는 추측에 지나지 않는다. 내가 개를 키운 건 로켓뿐이다. 비교 대상이 없어서 로켓이 실제로 얼마만큼 똑똑한 개였는지 잘 모른다. 하지만 로켓에게도 특기가 하나 있었다. 아침저녁 산책 코스를 스스로 정했다는 것이다.

로켓은 줄을 아무리 잡아끌어도 제 마음이 내키지 않는 쪽으로는 절대 가지 않았다. 문을 나와서 골목을 왕복하다가 바로 집으로 돌아가 버릴 때가 있는가 하면, 한 시간 반

이상을 하염없이 걸어 다닐 때도 있었다. 그럴 때면 나도 로켓과 함께 미아가 되었다. 그뿐 아니다. 지쳐버린 로켓이 산다화 울타리 아래에 꼼짝 못 하고 앉아 있을 때는 내가 녀석을 안고 걸어야만 했다. 어스름이 몰려오는 시골 마을에 이정표가 될 만한 것이 있을 리 만무하다. 공기 중에 떠도는 저녁밥 짓는 냄새가 불안감을 더욱 부채질했다. 로켓은 나한테 안겨 있는 게 불편했던지 내 배를 차곤 했다. 덕분에 내 티셔츠에는 작은 구멍이 무수히 났다.

로켓은 산책을 했던 게 아닐지도 모른다. 뭔가 나름대로의 질서를 따라 네 발을 교대로 움직였던 것 같다.

나는 로켓이 이끄는 대로 매일 다른 경치 속을 여행했다. 로켓은 독창성이 아주 뛰어나서 나는 생각해본 적도 없는 지름길이며 풀로 덮인 공터며 사연이 있어 보이는 농가의 헛간을 차례차례 발견했다.

그렇지만 지루한 때도 있었다. 로켓이 오가는 개들의 꽁무니 냄새를 맡거나 전봇대에 영역을 표시하거나 죽은 벌레를 코끝으로 굴리는 동안 나는 줄곧 멍청히 서 있어야 했으니까. 하는 수 없이 나는 그 시간을 이용하여 남의 집을 관찰하기로 했다.

이 집은 덧문을 닫지 않았다거나 거실이 어디에 있다거

나, 심지어 밖에서 보는 것만으로도 가족 구성과 생활 패턴까지 제법 파악할 줄 알게 되었다. 나는 로켓이 이끄는 대로 다니면서 셀 수 없을 만큼 많은 집을 주의 깊게 관찰했다. 아, 그래. 내가 건축가라도 되면 좋았겠지. 당신도 꽤 빈정거리는 타입이네. 사람에게는 여러 가지 사정이란 게 있는 법이지. 머리 문제라든가, 적성이라든가 뭐 그런 것들. 그냥 내버려둬.

로켓이 죽은 것은 내가 고등학생 때다. 10년 동안 함께 살았다는 계산이 나온다. 그래도 먹는 게 형편없었던 것에 비해서는 장수한 편이지 않나. 마지막에는 치매에 걸려서 곧잘 사람을 물었다. 꼬리를 감을 힘도 없는지 오른쪽 옆구리로 칠칠맞게 늘어뜨리고 다녔다. 그래도 발은 빨라서 여전히 동네 한 블록을 하염없이 돌아다녔다. 물론 나도 끈기 있게 따라다녔다.

어느 날 저녁 무렵, 로켓은 정해진 코스를 한 시간에 걸쳐 돈 뒤에야 집으로 돌아왔다. 얌전하게 말뚝에 묶여 은색 그릇에 담긴 미지근한 수돗물을 먹었다. 어머니가 남은 밥이 없다고 해서 나는 헛간에 가서 사료통을 꺼내왔다. 로켓은 그것을 처음부터 끝까지 물끄러미 바라보고 있었다.

자, 하고 로켓 앞에 구부리고 앉아 통에 든 것을 그릇에

덜어주려는 찰나 로켓과 눈이 마주쳤다. 로켓의 눈은 까맣고 맑았다. 마치 개구리 알 같았다. 투명한 한천질 속에 검고 동그란 올챙이가 떠 있다. 그 검은색은 그것 자체가 살아서 체액을 순환시키고 있었다.

로켓 안에 우주가 있다. 빨려들 것 같은 기분으로 그런 생각을 하는 순간, 로켓이 나의 오른손을 세게 물었다. 비명을 지르며 팔을 흔들었는데도, 로켓은 나이가 먹어 잇몸에서 뜨기 시작한 이빨을 들이대며 떨어지려 하지 않는다. "아야, 하지 마, 하지 마, 로켓!" 하고 소리치며, 로켓의 미간을 왼손으로 마구 밀고 때리고 했다. 소동을 들은 어머니가 마당에 나와 보고 놀라서 로켓을 야단쳤다. 어머니가 힘껏 로켓의 엉덩이를 때렸더니, 그제야 물고 있던 힘이 느슨해졌다. 나는 얼른 오른손을 뺐다. 뻥 뚫린 구멍에서 피가 흘렀다. 아픔보다도 로켓에게 물렸다는 사실에 충격을 받아 나도 모르게 눈물이 줄줄 쏟아졌다. 어쩌면 그것이 내가 마지막으로 흘린 눈물이었을 것이다. 하품을 했을 때라든가 장롱 모서리에 새끼발가락을 부딪쳤을 때라든가 그런 걸 제외하고.

나는 바로 의사에게 가서 엄지와 검지 사이의 부드러운 부분을 중심으로 다섯 바늘을 꿰맸다. 로켓에게 먹이를 주는 것은 까맣게 잊었다. 다음 날 아침 눈을 뜨자마자 개집으로 갔다. 로켓의 몸은 이미 얼음처럼 차갑고 딱딱했다.

노쇠로 인한 단순한 죽음인지, 하룻밤 굶은 게 좋지 않았던지, 미간을 때린 게 문제였는지, 원인은 확실하지 않다. 노쇠한 탓이기를 간절히 바랄 뿐이다.

이제 알겠냐? 로켓의 독창적인 산책법을 잘 따른 덕분에 내게는 집을 보는 재주가 생겼다. 그때문에 장사가 아주 잘됐다. 무엇이 행운으로 연결될지는 아무도 모르는 법이다. 그 결과 지금 이곳에 있지만, 별로 후회하지 않는다. 그저 똥을 밟은 것뿐이다.

로켓과 살았던 만큼의 시간이 로켓이 죽은 뒤에 흘렀다. 그래서 나는 확실히 안다. 그 녀석은 내게 진정 복견福犬이었다. 귀여운 녀석.

아무렇지 않은 얼굴로 문을 따고 남의 집에 침입할 때마다 오른손에 하얗게 남은 흉터가 눈에 들어온다. 대부분 그흉터는 낯익은 점과 마찬가지로 아무런 걸림도 없이 의식에서 미끄러져 나간다. 그러나 가끔은 어째서 로켓이 마지막에 달려들어서 물었을까 하는 생각이 든다. 아마 나를 사료로 착각한 것뿐이겠지만. 또 아무리 정신이 없어도 그렇지 어째서 로켓에게 먹이를 주지 않았을까 하는 후회도 한다.

나도 더러 후회란 걸 할 때가 있다. 물린 것에 대한 보복이 아니었다고는 절대 단언할 수 없다. 로켓은 최후의 만찬을 먹지 못한 채 죽었다. 두 번 다시 돌이킬 수 없는 실수다.

그런 생각을 하면서 주인이 부재중인 남의 집을 돌아다닌다. 서랍을 차례차례 열어보기도 하고, 벽장에 넣어둔 비상용 재난 가방에 손을 넣어보기도 하며 현금을 찾는다.

로켓을 떠올리는 날엔 희한하게도 실적이 좋다. 고마워, 로켓.

앞으로 다른 개를 키울 생각 따위는 조금도 없다. 로켓만이 소중하고 소중한, 평생 단 한 마리뿐인 나의 개다.

고등학교를 졸업한 뒤부터 지금까지의 생활에 대해서는 별로 얘기할 게 없다. 당신은 그 부분을 듣고 싶겠지만.

너무나도 빤한 코스다. 시골 생활에 진력이 나서 조리사 전문학교에 진학하겠다고 집을 나왔다. 끈질기네. 미안하다, 건축 전문학교가 아니라서. 나는 평소에도 요리 같은 건 하지 않았다. 가만히 있어도 그 당시 사귀던 여자가 해주었고, 그게 아니어도 도쿄에는 반찬을 만들어 파는 가게나 편의점이 많으니까 말이다. 요리하는 수고와 가스비를 생각해봐. 다 만들어 놓은 걸 사먹는 편이 득이지.

뭐라고? 아, 그렇지. 전문학교를 핑계대고 도쿄에 와서……, 아니, 잠깐만. 그 전에 이누야마 얘기를 해두는 게 좋겠다. 알 거라고 생각하지만 그 녀석과는 고등학교 동창이었다. 그러나 사이가 좋았던 건 아니다. 그 녀석은 진학반이었고, 나는 취직을 하든가 적당한 전문학교에나 가든가 하는 반이었으니까.

아니. 난 불량 학생이 아니었다고. 옛날부터 비행을 저지르고 다니거나 신나를 마시고 밤의 국도를 폭주했을 거라는, 그런 이상한 상상은 버려줘. 우리 집은 지극히 평범해서 어머니가 남자와 눈 맞아 도망갔다거나 아버지가 주정뱅이라거나 하는 일도 전혀 없었어. 나 역시 방과 후에는 로켓을 산책시켜야 하기 때문에 곧장 집으로 돌아가는 착한 아이였고. 아니, 정말이라고!

그래도 뭐 미묘한 유유상종 같은 건 있겠지. 진학 코스와 비진학 코스는 학교에만 있는 게 아니다. 그런 건 어른이 된 후에도 있다. 이를테면 나는 알고 지내는 공무원이 한 사람도 없다. 당신은 엄청 많겠지. 어쨌거나 그 일원이니까. 장례식이니 결혼식이니 그런 데 일일이 다니기 힘들지? 애도를 표한다.

그런 유유상종의 우리를 부수고, 나와 이누야마가 말을

43

나누게 된 계기는 뜨거운 우정 나부랭이 때문이 아니었다. 체육 수업을 합동으로 받았을 뿐이다. 나는 체육 시간이 귀찮아서 거의 농땡이를 쳤다. 불량 학생은 아니었다니까. 너도 몸이 나른해서 수업을 땡땡이 친 경험쯤은 있을걸. 거짓말, 한 번도 없다고? 믿을 수 없어.

나는 독자적인 판단 아래 체육 수업을 사양했다. 운동량은 충분했지. 날마다 로켓과 산책을 나갔으니까. 하지만 로켓이 죽은 후로는 단번에 운동량이 떨어졌다. 그래서 이번에도 역시 독자적인 판단 아래 드물게나마 체육 수업에 나가기로 했다. 이누야마와 이야기한 것은, 아니, 이야기라기보다 이누야마의 존재를 안 것은 그때가 처음이었다. 졸업할 즈음이지 않았을까 싶다. 로켓이 죽고 조금 지난 후였으니.

"너, 여자들한테 인기 많더라."

이누야마가 말을 걸어왔다. 마을 일주 마라톤을 할 때였다. 마을 일주라고 해도 마을의 대부분은 산길이다. 체육복을 입고, 배낭을 메고 근처 산을 올라가는 훈련 같은 행사로, 우리 고등학교의 명물이다. 산 정상에서 점심 먹기. 나는 선생님이 보이지 않는 곳에서는 천천히 걸었다. 힘드니까. 덕분에 꼴찌에 가까웠지. 그때, 내 옆에 나란히 있던 그

녀석이 땀을 뻘뻘 흘리면서 말을 걸어온 거다.

"너, 여자들한테 인기 많더라. 그렇지만 발은 느리구나, 하하하."

무슨 소릴 씨부렁거리는지. 하여간 그 녀석은 옛날부터 이상했다.

물론 나는 무시했다. 나와 이누야마는 앞서거니 뒤서거니 하면서 산 정상에 도착했다. 늦었다고 체육 선생님에게 훈계를 들었다. 대부분의 학생들이 도시락을 다 먹고 나서 놀고 있었다. 나는 선생님 감시 아래 이누야마와 풀밭에 나란히 앉아 느릿느릿 도시락을 먹었다.

이누야마는 도시락 먹는 건 빨랐다. 지금도 변함없지만 엄청나게 빨리 먹는다. '이 녀석은 로켓이 환생한 건가?' 하는 어이없는 생각까지 들었다.

이누야마가 아직도 먹고 있는 나를 보고 물었다.

"너, 『팔견전八犬傳』 읽은 적 있냐?"

있을 리가 만무하다. '팔견전'이란 말 자체를 처음 듣는다고나 할까. 당신은 어때? 읽은 적 없을걸? 그렇겠지. 읽었다는 인간을 지금까지 만난 적이 없다. 이누야마 외에.

묻지도 않는데 놈이 가르쳐준 바에 따르면, 『팔견전』이라는 것은 『미도코몽』 같은 '정의는 언제나 승리한다'는 식의 듣기만 해도 속이 거북해지는 줄거리의 책이었다. 게다가 『미도코몽』 전 시리즈를 모아놓은 것만큼 긴 이야기라고 했다. 이누야마는 그걸 읽었다. 정말일까? 그 녀석, 거짓말한 거 아닐까. 그런 거짓말해서 득이 될 거야 없겠지만.

뭐야, 이 녀석. 정말로 영문을 모르겠네. 혹시 지금 제 자랑을 늘어놓고 있는 거야? 그렇게 생각하고 계속 무시해도 이누야마는 전혀 눈치 채지 못했다.

"희한한 인연으로 맺어진 여덟 명의 남자들이 마법의 검 무라사메(실존하는 마법의 검—옮긴이)를 둘러싸고 서로 미워하기도 하고 협력하기도 하면서, 대활극을 펼치는 이야기야. 무지 재미있어."

신이 나서 계속 지껄였다.

"팔견사 중에 이누야마 도세쓰(犬山道節)라는 이가 있어. 나와 성이 같아. 이 도세쓰의 아내가 되는 게 다케노히메(竹の姫). '세쓰(節)'니까 '다케(竹)'라는 거지. 어떻게 그렇게 딱 들어맞는 이름을 생각해냈나 몰라?"

그 즈음 나는 '이 녀석 머리, 정상인가?' 하고 진심으로 걱정했다. 아무리 생각해도 제정신이 아니다. 거의 처음 보는 사람에게 느닷없이 『팔견전』 이야기를 침 튀기며 하다니.

나는 조금 떨어진 곳에서 도시락을 먹고 있는 교사들을

흘끗 엿보았다. 하지만 그들은 이누야마가 이상하다는 것을 조금도 눈치 채지 못하는 것 같았다. 나는 학교에 다니는 동안 교사들의 이런 둔감함을 목격할 때마다 소름이 돋곤 했다. 공부만 잘 하면 다소 빗나가도 눈감아준다. '멍텅구리를 상대로 어려운 이야기를 하고 있구나, 역시 이누야마!' 그런 식이다. 경사지에다 평지처럼 토대를 만들고 멋진 집을 지었다고 기뻐한다. 교사란 생각할수록 속 편한 직업이다.

"팔견전 얘기는 잘 알았어. 그래, 넌 무슨 말을 하고 싶은 거냐?"

내가 중간에 자르지 않았더라면 이누야마는 언제까지고 산꼭대기에 앉아 비겁한 사무라이의 이야기를 계속했을 것이다. 바람이 우리가 앉은 광장의 풀을 흔들고 지나갔다. 멀리 보이는 산은 파랗게 물들었고, 눈 아래로 우리가 사는 마을이 펼쳐져 있다. 그 한가운데 햇빛을 반사하여 반짝이는 강이 흘렀다. 로켓은 내가 지금 있는 이 산보다 훨씬 더 먼 곳에서 흘러온 것일까? 나는 멍하니 그런 생각을 했다.

이누야마가 아주 긴 침묵 뒤에 입을 열었다.

"별로 아무 말도 하고 싶지 않아."

"그럼 안 하면 되잖아."

"그냥 너는 여자한테 인기가 있으니까. 나도 가끔은 여자

하고 이야기를 해보고 싶어. 도세쓰와 다케노히메처럼 내게
딱 맞는 상대를 찾으려면 어떻게 해야 할까……."

"팔견전 이야기는 절대 하지 마라."

"알겠어."

이누야마는 내 말을 충고로 받아들인 듯 진지하게 대답
했다.

고교 시절에 이누야마와 접촉한 것은 기껏해야 그 정도
다. 다만 이런 생각을 했던 게 기억난다. 이누야마는 이대로
누구 눈에도 띄지 않게 조용히 망가져서 사면을 굴러 내려
갈지도 모르겠군, 하는.

……쉬는 시간은 없냐? 그럼, 계속하지.

조리사 전문학교에는 일주일도 다니지 않았다. 처음부터
예상했던 바이다. 음침한 타일 벽의 교실에서 과학실 실험
대 같은 책상을 둘러싸고 영양학 수업을 받는 것은 체질에
맞지 않았다. 게다가 그 실험대 위에서 채소나 썰고 생선을
손질하려고 식칼을 휘두르는 것은 더욱 더 체질에 맞지 않
았다.

그래도 부모는 2년 동안 생활비를 보내주었다. 내가 학교
에 다니는 줄 알고 말이다. 부모란 자기 자식에게 헛된 꿈을

꾸는 존재다. 이 아이는 분명 장래성이 있다고 믿으면서.

2년이 지나 "졸업 후에는 어떻게 할 거냐?" 하고 전화로 물어왔을 때에야 나는 비로소 사실대로 털어놓았다. 화를 내더군. 하지만 나만 나무라는 것도 이상하지 않아? 유령처럼, 모습을 통 보이지 않는 학생의 학비를 잠자코 받아먹은 학교에도 문제는 있다.

"씨족 신을 모시는 신사神社에 축제철이 되면 매년 시주하지? 시주한 신사가 한 개 더 늘었다고 생각하면 돼. 운이 좋으면 2년 동안 보낸 학비만큼 이익이 생길지도 몰라." 나는 그렇게 말하고 전화를 끊었다. 그 후 한 번도 시골에 내려가지 않았고, 부모와도 이야기를 하지 않았다. 부모도 이제 와서 나와 사이좋게 지내고 싶다고는 생각하지 않을 것이다. 집에는 형이 있다. 개털 알레르기가 있어서 로켓을 쓰다듬어주기는커녕 눈도 마주치지 않던 형이다. 형은 고등학교를 나와서 지방의 이불 회사에 취직했다. 오리털 알레르기는 없을까?

나는 전문학교에 가지 않았다. 무엇을 했는가 하면 일을 했다. 드디어 당신이 목 빠지게 기다리던 내 일에 관한 이야기다.

어떤 직업에나 적성에 맞는 일과 맞지 않는 일이 있다. 빈집털이범으로 들어갈 때 무엇이 중요한지 아는가? 주위 풍경에 녹아들기. 주뼛거리지 않고 자연스럽게 행동하기. 집주인과 마주치지 않도록 재빨리 끝내기. 나는 빈집털이범이 적성에 맞았다.

나는 로켓과의 산책으로 단련된 몸이라 밖에서 보기만 해도 그 집에 방이 몇 개 있는지, 사람이 있는지 없는지, 생활수준은 어떤지 하는 것들을 짐작한다. 상황에 맞춰 마치 목적이라도 있는 것처럼 길을 걷는 것도, 하릴없이 동네 한 바퀴 어슬렁거리는 것처럼 걷는 것도 모두 자연스럽게 해낼 수 있다. 아무도 나를 수상하게 생각하지 않는다. 스쳐지나가도 전혀 신경 쓰지 않는다.

처음에 훔치러 들어간 곳은 그 무렵 살고 있던 집에서 두 역 떨어진 곳에 있던 낡은 다세대 주택이었다. 건물 주인이 사는 집이 인접해 있고, 정원에는 로켓을 닮은 개가 있기에 그곳으로 정했다. 개는 나를 보고도 짖지 않았다. 그 집에 사는 학생들과 구분이 되지 않았던 탓일까?

나는 낡은 다세대 주택의 바깥 계단을 올라가서 그 방에 사는 사람처럼 태연하게 문을 땄다. 사소한 도구만 몇 개 있으면 문은 쉽게 열린다. 자물쇠는 열리기 위해 존재하는 거니까. 만약 절대로 열리지 않는 자물쇠를 단 문이 있다면,

그건 문이 아니다. 누구도 내용물을 찾을 필요 없는 단순한 벽이다.

사전에 잡화점에서 열쇠가 딸린 문손잡이와 자물쇠를 몇 개 사서 도구로 여는 연습을 몇 번이나 했다. 이틀 정도 잠갔다 열었다 하다보니 어지간히 손재주가 없지 않는 한, 요령을 체득할 수 있다. 그 아파트 문은 30초도 안 되어 열었다. 연습 덕분이다.

장갑은 계속 끼고 있었지만, 신발은 현관에서 벗었다. 판자를 덧대놓은 좁은 부엌. 젖빛 유리문 너머는 열 평짜리 단칸방이었다. 일어난 그대로 내버려 둔 이불과 널려 있는 옷. 체취가 고스란히 남아 있다. 남학생 방이었다.

벽장 문을 열었다. 상단에는 컬러박스가, 하단에는 새삼 뒤져보기도 싫은 잡동사니가 쑤셔 박혀 있었다. 먹다 남은 음식과 비축해둔 라면과 잡지, 비디오테이프 따위다. 컬러박스 안에는 옷밖에 없었다. 나는 원래대로 문을 닫았다.

그 외에 있는 거라곤 작은 책장과 구석에 붙여놓은 접이식 테이블. 나는 부엌으로 돌아와 잠시 생각한 후 냉장고를 열었다. 냉장고의 내용물은 마요네즈와 유통 기한이 지난 우유팩과 찻잎 통이었다. 찻잎 통에는 2만8천 엔이 들어 있었다. 1만 엔만 꺼내 점퍼 주머니에 넣었다. 신발을 신고

도구로 문을 다시 잠그고, 아파트 바깥 계단을 내려왔다.

좁은 방이었지만 처음이어서 일을 모두 끝내는 데 10분 정도 걸렸다. 그런대로 만족할 수 있는 결과였다. 남학생은 분명 지금까지도 자기 집에 빈집털이범이 다녀갔다는 걸 모를 것이다. 뉴스도 되지 않았다. 찻잎 통에서 1만 엔이 사라진 것을 알아챈다 해도, 자신의 계산 착오라고 생각할 것이다.

나는 훔치러 들어간 방을 어질러놓지 않는다. 돈이 있는 곳은 한정되어 있다. 무턱대고 서랍을 열거나 옷을 방 안에 흩어놓을 필요는 없다.

부엌 싱크대 아래 냄비 속, 침실 장롱 제일 윗서랍, 먼지를 뒤집어 쓴 채 현관에 방치된 장화 바닥. 희한하게도 사람은 자기 눈에 쉽게 들어오는 장소, 자기에게 가장 가까운 장소에 돈을 숨긴다. 내가 아는 한 세면실에 돈을 감추는 집은 하나도 없다. 세면실은 단순히 지나가는 장소, 차려입고 어딘가에 가기 위한 중계 지점에 지나지 않기 때문이다.

부모한테 생활비를 받았던 2년 동안에는 학생 자취방을 조금씩 털면서 용돈 정도만 벌었다. 그럭저럭 저금도 했다. 나는 한번 이렇게 하겠다고 마음먹은 부분에 대해서는 지구력을 발휘한다. 게다가 매우 성실하다. 로켓을 산책시키는 일 역시 한 번도 거른 적이 없다. 태풍이 불어 닥쳐도, 열이 펄펄 올라도.

드디어 본격적으로 일에 몰두할 때가 왔다. 일단 양복을 샀다. 매일 아침 같은 시간에 집을 나와 전철을 탄다. 표적도 학생 자취방에서 신흥 주택가로 바꾸었다. 외근 사원을 가장하여 눈독을 들인 주택가가 있는 역에서 내린다. 검은 가방을 한 손에 들고 자연스럽게 집을 관찰한다.

남편은 회사에 가고 아내는 파트타임 일 나가고 아이들은 학교에 가고. 한낮의 주택가에는 거의 아무도 없다. 나는 빈집을 찾으면, 그 집이 정리정돈이 잘 되어 있는가를 외관으로 판단한다. 텔레비전에서는 흔히 빈집털이범들이 정원손질이 잘 되어 있지 않고 너저분한 집을 노린다고 이야기하지만 말짱 거짓말이다. 너저분한 집은 질서가 없어서 돈의 소재를 찾기 힘들다. 집 주인조차 어디다 돈을 감춰두었는지 잊어버리는 집은 곤란하니까. 나는 멋있고 깔끔한 집을 사랑한다.

정말로 부재중인지 어떤지 확인하기 위해서, 그리고 이웃의 눈을 속이기 위해서 경우에 따라 인터폰을 누른다. 예상과 달리 응답이 있으면 바로 세일즈맨으로 변신한다. 응답이 없는 경우에도 적당한 자동차 회사 이름을 둘러대며 불러서 온 것 같은 얼굴로 현관 앞까지 간다. 잠긴 문을 여는 것은 간단하다. "바쁘신 중에 죄송합니다. 지난번에 전화로 말씀드린 팸플릿을 가지고 왔습니다." 어쩌고 하면서 뒷손으로 문을 닫고 아무도 없는 집에 들어간다.

그 다음은 감과 추리력과 로켓의 가호 아래 이끌리는 대로 돈을 찾는다. 가장 많게는, 음, 글쎄 한 600만 엔 정도를 가방에 담아 부엌 바닥에 있는 수납 창고에 넣어둔 집도 있었지. 나는 기본적으로 돈을 몽땅 훔치지 않는다. 600만 엔일 때는 아마 7할 정도를 가져온 것 같다. 또 현금 이외에는 손을 대지 않는다. 돈으로 바꾸는 게 귀찮으니까. 꼬리가 잡힐 짓은 하고 싶지 않다.

같은 이유에서 동업자도 두지 않는다. 패를 짜서 일을 하거나, 누군가에게 성과를 떠벌리지도 않는다.

같은 맨션에 사는 사람들은 나의 존재를 의식하지 못한다. 의식한다 해도 성실한 샐러리맨쯤으로 생각할 것이다. 늘 규칙적인 생활을 하려고 애쓰니까. 아침이면 출근하고, 밤에는 슈퍼마켓에서 장을 본 후 돌아온다. 가끔 역 앞에서 한 잔 하기도 하고, 비틀거리며 역에서 걸어 나오기도 한다. 주말에는 근처 강가를 어슬렁거리거나 영화를 보러 간다. 전형적인 혼자 사는 샐러리맨의 생활이다.

그때그때 사귀는 여자는 바뀌지만, 그녀들 역시 나를 샐러리맨이라 믿는다.

나는 훔친다는 행위 자체에 스릴을 느껴 빈집털이범이 된 것이 아니다. 그것은 그냥 '일'이다. 단순한 밥벌이, 대다수 사람들이 하는 것처럼 생활의 일부일 뿐이다.

하지만 담담하게 일을 완수하는 내 모습을 아무도 모른다. 그 점이 좋다. 아무도 내 진짜 직업을 모른다. 아무도 내 진실한 생활을 모른다. 그건 정말 기분 좋은 일이다. 당신도 한번 해보면 알걸.

가짜 연기를 계속 한다는 자극이 인생을 풍요롭게 한다.

얼마나 많은 집에 들어가서 얼마만큼의 돈을 훔쳤느냐고? 그런 건 벌써 옛날에 잊어버렸다. 당신 역시 매일 어떤 일을 하고 수당이 얼마 붙었는지 자세하게 기억하지 못할걸. 그것과 마찬가지다. 나도 기억하지 못한다. 첫 번째 일에 대해 이야기한 건 서비스다. 600만 엔을 바닥 수납 창고에 넣어둔 집은 절대 피해 신고를 하지 않았을 것이다. 내기를 해도 좋다. 그건 뭔가 꺼림칙한 돈일 것이다. 나를 추궁할 게 아니라, 국세청을 혼내주거나 자신들의 근무 태도를 반성해야 하지 않나.

알겠지? 그럼 이번 일에 대해서만 이야기를 하지.

한 달쯤 전의 일이다. 한낮에 독신자용 맨션에 몰래 들어갔다. 아까도 말했지만, 나는 지금은 기본적으로 단독주택을 노리고 있다. 하지만 그 무렵에는 마땅한 집이 눈에 띄지 않았다. 실적이 좋지 않은 날들이 계속됐다. 그런 일은 가끔 있다. 안정되지 않고 기복이 심한 직업이니까.

일이 잘 되지 않을 때는 나다니지 말고 멍하니 좋은 바람이 불기를 기다리거나, 살짝 기분 전환을 하는 게 좋다. 그때 나는 후자를 선택해서 오랜만에 맨션에서 한탕 하기로 했다.

연갈색 타일이 붙어있는 4층짜리 맨션이었다. 피부가 닿지 않도록 팔로 현관 유리문을 열었다. 외관은 새 건물 같은데, 안에 들어가 보니 그렇지만도 않았다. 은색 우편함이 20개 정도 나란히 있고, 끝 쪽에는 삭막한 콘크리트 계단과 두 명이 타면 만원이 될 엘리베이터가 있었다. 우편함에 이름을 써놓은 집은 전체의 2할 정도였다. 이름이 없는 우편함 중 한두 개엔 전단지가 넘쳐나고 있었다.

이것만으로도 대충 그 맨션에 대해 알 수 있다. 주민들끼리의 교류가 거의 없고, 관리와 청소를 위탁받은 자도 자주 오지 않는다. 한 마디로 말해 내게는 더할 나위 없이 일하기 좋은 환경이다.

엘리베이터는 사용하지 않는다. 그런 좁은 공간에서 누군가와 마주치면 기억하기 싫어도 인상에 남게 된다. 나는 천천히 계단을 올라갔다. 끈을 매는 검은색 구두지만, 발소리는 나지 않는다. 신발 가게에서 파는 바닥이 고무로 된 싸구려 구두다. 구두 바닥이 조금이라도 닳아서 미끄러워지면, 당장 새것으로 바꾼다. 특징 있는 발자국을 남기는 멍청한 짓을 하는 덜렁이에게는 이 일이 맞지 않는다.

계단에서 바깥 복도를 엿보았지만, 고즈넉하니 인기척이 없었다. 3층까지 올라간 나는 계단에서 제일 가까이 있는 집을 골랐다. 어슬렁거리다 남들 눈에 띄면 안 되기 때문이다. 양 옆집도 부재중이란 사실쯤은 기척으로 알 수 있다.

내가 눈독을 들인 집에는 문패가 걸려 있지 않았다. 나는 양복 주머니에서 얇은 장갑을 꺼내 재빨리 꼈다. 빈집털이범 피해가 많다고 그렇게 선전을 해대는데 현관문에는 맹꽁이자물쇠 하나밖에 달려 있지 않다. 가방에서 열쇠를 꺼내는 척하며 손수 만든 도구를 든다. 집에서 혼자 철사나 스테인리스 판을 가공하는 것은 식은 죽 먹기다. 나는 모양이 다른 도구를 몇 개씩 준비해서 갖고 다닌다. 그런데 그때는 너무 간단하게 열려서 조금 허탈했다.

만에 하나 몸을 구부리고 열쇠 구멍을 들여다보는 모습을 누군가 본다면 수상하게 여긴다. 도구를 열쇠 구멍에 살짝 넣어 핀이 몇 개 있는지를 살폈다. 어두컴컴한 구멍 속의 요철이 내 뇌리에 선명하게 그려진다. 아무리 단순한 자물쇠여도 내부 구조가 손가락 끝에 느껴질 땐 흥분이 된다. 감춰진 부분을 손으로 더듬어 흠집이 나지 않도록 부드럽게 파헤친다. 섬세한 작업일수록 에로틱한 기분이 든다.

핀의 상태를 확인한 후 도구를 일단 **빼고** 열쇠가 도는 방향을 확인했다. 신중하게. 그리고 다시 도구를 찔러 넣어 안쪽 핀부터 순서대로 풀어나간다. 너무 자세하게 말해서 청소년의 건전한 육성에 지장이 생기면 안 되겠지? 뭐 하여간 아주 간단했다. 아무 생각 없이 몸만 움직였더니 끝났더라, 하는 내키지 않는 섹스 같은 것. 그러게, 30초 정도 걸렸을걸?

드디어 침입에 성공하여 안쪽에서 현관문을 잠그고, 신발을 신은 채 실내를 둘러보았다. 우선은 세면실을 들여다보고 남자 혼자 사는 집임을 확인했다. 다음은 제일 안쪽에 있는 거실이다. 들어가 보고 깜짝 놀랐다. 텔레비전이 없다. 2인용 식탁 위에도 그 주변의 다른 바닥에도 책만 잔뜩 쌓여 있다. 나는 그 시점에서 거의 포기했다. 혼자 살면서 책

좋아하는 인간이 여분의 돈을 챙겨둘 리가 없다. 수입의 대부분을 취미 생활에 쏟아 붓고 있을 것이다.

　베란다로 난 창의 커튼은 닫혀 있고 부엌은 사용한 흔적이 없다. 사람을 집에 부른 적도 없고, 오로지 책을 친구삼아 외롭게 사는 인간이 분명하다. 재빨리 철수하는 게 상책이다. 나는 현관으로 되돌아갔다. 하지만 마지막으로 혹시나 하고 현관 옆방도 둘러보기로 했다.

　그 방이 또 엄청났다. 오래 전부터 사용한 것으로 보이는 책상이 하나 있고, 그 이외의 벽면은 모두 책장이다. 바닥은 편 채로 있는 이불과 흩어진 책으로 가득했다. 책상의 넓은 서랍을 열어보았다. 서류와 문구와 작은 열쇠가 들어 있다. 책상 제일 위쪽 서랍의 열쇠 같았다. 열어보니 서랍 속에 8만 엔이 든 은행 봉투가 있었다. 뭐야, 이렇게 쉬운 곳에. 이거야 열쇠로 잠가놓는 의미가 없잖아. 나는 봉투째 돈을 가져가기로 했다. 서랍을 닫고 열쇠를 원래 있던 곳에 되돌려놓았다. 이것으로 방주인도 조금은 자극을 받아서 돈과 열쇠를 감추는 곳에 신경 쓰게 될 것이다.

　양복 안주머니에 봉투를 넣는데, 책상 가까이 있던 책장이 얼핏 눈에 들어왔다. 등표지에 『팔견전』이라고 적힌 문고가 여러 권 꽂혀 있다. 기분 나쁜 예감이 엄습했다.

그때 현관문을 여는 소리가 났다. 온몸의 숨구멍이 열렸다. 이른 오후 시간에 집 주인이 돌아오다니 말도 안 된다. 계산 착오다. 자, 어떻게 해야 하지? 베란다를 타고 옆집으로 달아나려 해도 내가 있는 방은 현관에서 너무 가깝다. 재수도 없지. 나는 바닥에 내려둔 가방을 들고 언제라도 도망칠 수 있도록 숨을 죽인 채 대기하고 있었다. 귀가한 집주인이 현관 옆의 이 방을 지나 우선은 안방에 가기를 바랄 수밖에.

나는 빈집털이범이다. 강도로 돌변하거나 마침 방에 있던 여자를 강간하는 짓은 절대로 하지 않는다. 물론 운 나쁘게 주인과 마주칠 뻔한 적도 있지만, 그럴 때는 사람에게 해를 입히지 않고 쏜살같이 도망쳤다. 하지만 이 정도의 위기는 없었다. 이번만큼은 주인을 때려눕혀야 할지도 모른다고 마음을 단단히 먹었다.

현관에 들어온 주인은 침입자의 기척을 전혀 눈치 채지 못했다. "다녀왔습니다" 하고 작은 소리로 말하며 부스럭부스럭 구두를 벗고 있다. 나는 호흡을 가다듬었다. 몸을 감출 장소도 없는 좁은 방이어서 적어도 도망치기 편하게 문 바로 앞에 섰다. 간절한 바람도 헛되이 주인은 내가 있는 방문을 제일 먼저 열었다.

이누야마였다. 성실하고 생기가 없는 얼굴, 인상에 남을 것 같지도 않은 체격이었지만, 책장에서 『팔견전』을 보았기 때문에 이내 알아보았다. 이 녀석은 같은 고등학교에 다녔던 이누야마다. 내게 산 정상에서 느닷없이 비겁한 사무라이 이야기를 했던 녀석, 로켓처럼 빨리 밥을 먹어치웠던 녀석.

문을 연 이누야마는 방 안에 사람이 있는 것을 알고 움찔했다. 소리를 지르려나 생각했지만, 녀석의 반응은 둔했다. 몇 초쯤 틈을 두고서야 말했다. "누구세요?"

이제 와서 생각해보면 냅다 걷어차고 도망을 쳤더라면 좋았을 걸 그랬다. 하지만 나는 웃어버렸다. 내가 웃자, 이누야마는 "아, 너냐?" 하고 말했다. 몹시 자연스럽게, 마치 2주에 한 번은 만나는 친구를 대하듯이.

"여어, 오랜만이다. 근처 온 길에 잠깐 들러봤어"라고 하면 이누야마가 믿지 않을까 하는 생각조차 들었다. 흙발로 남의 집에 들어와서 '잠깐 들렀다'고 할 수도 없지만, 이누야마는 그런 것에 둔할 것 같다. 물론 실제로 나는 말없이 추이를 지켜보고 있었다. 틈이 생기면 달아나야만 한다.

"뭐 하는 거냐?"

이누야마는 어깨에 메고 있던 무거워 보이는 가방을 책상 위에 올려놓고 내 앞에 마주 섰다. "내가 사는 걸 알고 들어온 거냐?"

이누야마는 열쇠가 달린 서랍을 열어 봉투가 없어진 것을 확인했다.

더 이상 발뺌할 수 없다. 나는 양복 안주머니에 넣어둔 봉투를 이누야마에게 내밀었다.

"우연이다. 그것도 아주 악질의 우연. 돈은 돌려줄게. 눈 감아주지 않을래?"

"흐음……."

이누야마는 봉투를 내려다보며 한숨 같기도 하고, 신음 같기도 한 소리를 냈다. "내 입을 막기 위해 찔러 죽이고 도망치지는 않냐?"

"않는다. 돈 때문에 사람을 죽이지는 않는다. 수지가 맞지 않으니까."

"흠."

이누야마는 이번에는 분명하게 발음했다. 무시하는 것도 아니고 감탄하는 것도 아닌, 그저 "흠"뿐이다.

"그 돈은 이번 달 생활비다. 어제 찾아다 놓은 건데 그게 없으면 몹시 곤란하겠지. 하지만 네게 줄게. 대신 내 부탁을 들어주길 바란다."

"잠깐만. 무슨 얘길 하는 거냐?"

"거래를 하자는 거다. 나는 너에 대해 알고 있지만, 네가 한 짓은 아무에게도 말하지 않도록 하지. 대신에 내 부탁을 한 가지 들어줘. 나로서는 많이 양보한 거라고 생각하는데, 어떠냐?"

이누야마는 여전히 상태가 이상하다. 거역할 수도 없어 이누야마가 재촉하는 대로 일단 거실로 장소를 옮겼다. 놈의 부탁인지 뭔지를 들어주는 꼴이 되었다.

그게 한 달쯤 전의 일이다. 자세한 날짜는 모른다. 나는 일에 관한 어떤 메모도 기록도 하지 않으니까. 이누야마에게 물어 봐. 그 녀석은 기억할 것이다.

"이 근처에 사냐?"

이누야마가 물었다. 나는 내가 사는 맨션 근처에서는 일을 하지 않는다. 한 시간은 떨어진 장소로 매일 아침 전철을 타고 간다. "아니." 식탁에 침묵이 내렸다. 이누야마가 타준 차가 눈앞에 놓였지만, 먼지투성이인 부엌을 보았던 터라 손을 대지 않았다.

"이런 시간에 귀가하다니, 넌 무슨 일을 하는데?"

분위기가 거북해서 할 수 없이 나도 말을 꺼냈다. 묘한 상황에 빠졌다. 뭔가 정말로 '재회한 옛 친구' 같다. 나와 이누야마에게는 지인이라고 할 정도의 연대조차 없었는데.

"대학에서 유급 조교를 하고 있어. 보수는 변변찮지만. 오늘은 사전을 편찬하는 아르바이트를 하러 갔는데, 감기 기운이 있어서 그냥 돌아온 거야."

"약 먹고 자."

빨리 끝내고 싶어서 그렇게 권했지만, 이누야마는 딱 잘랐다.

"약 같은 거 살 돈이 없다."

결국 내가 약국에서 감기약을 사오게 되었다. 이누야마는 15분 이내에 돌아오지 않으면 경찰에 신고하겠다고 말했다. 나는 석연찮은 생각을 품은 채, 원래는 이누야마의 돈인 8만 엔에서 약값을 내고 제일 작은 병에 든 알약을 사서 돌아왔다.

식탁에 앉은 채 멍하니 기다리고 있던 이누야마는 식은 차로 알약을 삼켰다. 나는 더 이상 다른 명령을 듣기 전에 서둘러 대화를 재개했다.

"그래, 조교는 무슨 일 하는 거냐? 혹시 팔견전 연구?"

"잘 기억하고 있네."

이누야마는 기뻐했다.

"에도 시대의 희극 문학이 전공이야."

나는 그런 데는 흥미가 없기 때문에 황급히 가로막았다.

"자세한 얘긴 안 해도 돼."

"네가 나를 잊지 않고 있다는 게 놀라워."

이누야마가 말했다.

잊었어. 다시 생각난 거야. 그렇게 말하고 싶었다.

"마을 일주 마라톤 때 함께 도시락을 먹었지? 넌 발이 느렸어."

"별로 느리지 않아. 그때는 제대로 뛰고 싶지 않았던 것뿐이고."

도둑질하러 들어간 집의 주인과 고등학교 때 이야기를 하게 되리라곤 상상조차 못 했다. 어머니의 젊은 시절 사진을 봤을 때처럼 견딜 수 없는 기분이었다.

내게는 친구가 없다. 이런 일을 하고 있으니 속을 터놓고 이야기할 상대란 게 있어도 곤란하다. 술 취해서 무심코 비밀을 이야기했다간 끝장이다. 사귀는 여자는 교환이 가능하니 괜찮다. 사귀는 동안에도 자신의 사회적인 지위에 대해서는 적당히 얼버무릴 수 있다. 대화를 하지 않아도 만족시킬 수 있는 수단은 널려 있으니까. 하지만 친구가 되면 이야기가 달라진다. 꼭 서로의 직업이 화제가 된다. 그래서 내게는 친구가 필요 없다.

그건 어쩌면 과거를 버릴 수 있는 일인지도 모른다. 이누야마와 이야기하며 그런 생각을 했다. 내게는 추억을 이야기할 상대가 없다. 예를 들면 로켓이라는 개를 키웠다는 것. 어릴 적, 내 눈에 비친 고향 풍경. 학교생활. 그런 기억도 전부 내가 멋대로 만들어낸 것일지도 모른다. 내 기억은 어디까지나 나만의 것이 되어, 변형하거나 소멸해도 지적하는 사람도 없고 알아차리는 사람도 없다. 기억을 공유하는 상대가 없으니까.

나는 타인의 방에 들어가서 많은 돈을 훔쳤다. 그리고 그 때마다 아무도 나를 모르는, 누구와도 말을 나눌 일 없는, 좁고 곧은길을 터벅터벅 걸어 들어갔다. 그것은 말하자면 뻥 뚫린 무인의 광장으로 통하는 길이다. 주위에는 집들이 줄지어 서 있지만, 생물의 기척은 없다. 자신의 기억을 줄줄 떨어뜨리고 온 인간만이 도달하는 아주 조용하고 차가운 장소지.

이미 원래 있던 곳으로 되돌아갈 수는 없다. 하지만 가끔은 과거의 나를 알고 있는 녀석과 이야기를 하여 기억을 유지하는 것도 좋은 일이다. 이누야마와 마주 앉아 있는 동안 그런 기분이 들었다. 큰 약점을 잡혔다고 하는 초조함과 분노는 어느새 사라지고, 왠지 그 상황이 기쁘게 느껴질 지경이었다.

"부탁이란 게 뭐냐?"

내가 먼저 말을 꺼냈다. 내버려두면 이누야마는 언제까지고 알아듣지 못할 이야기를 늘어놓을 게 불 보듯 뻔했기 때문이다.

이누야마는 갑자기 열이 나기 시작했나 싶을 정도로 얼굴이 빨개졌다. 이마에 땀이 났다. 늙은 개처럼 가파른 숨이 푸푸 하고 코로 새나왔다.

이윽고 이누야마가 "이제 곧 인류는 멸망할 것이다"라고 예언하는 점쟁이처럼 엄숙한 얼굴로 입을 열었다.

"어떤 여자의 방에 몰래 들어가 주길 바란다."

어차피 그런 이야기일 거라고 상상했던 터라 한숨을 내쉬었다.

"그 여자가 너한테 뭔데?"

"사귀었던 사람."

"그건 너 혼자만의 생각인 거 아냐? 싫다. 스토커 짓 하는 걸 돕다가 잡히면 쪽팔려."

이누야마는 바지 주머니에서 열쇠고리를 꺼냈다. 두 개 달려 있는 열쇠 중 한 개를 가리킨다.

"예비 열쇠도 받았어. 그렇지만 나와 헤어진 후 열쇠를 바꾸었는지 문이 안 열려."

나는 한 번 더 한숨을 내쉬며 손가락 끝으로 이마를 문질렀다. 두통이 일어나기 시작했다.

이별할 때 열쇠 같은 건 제대로 돌려줘. 헤어진 주제에 열쇠를 사용하여 멋대로 방에 들어가지 말라고. 하고 싶은 말은 많았지만 "어지간히 미움 받았나 보네" 하고 말했다.

"그러게. 어쩔 수 없지."

이누야마가 풀이 죽어서 대답했다. "그렇지만 너라면 열쇠가 없어도 문을 따고 들어갈 수 있지?"

나는 이제 열쇠의 역할을 마치고 그저 납작한 금속이 되어 있는 '예비 열쇠'를 바라보았다. 더블 디스크 텀블러(회전판을 2개 사용한 자물쇠—옮긴이)다. 이거라면 누구라도 방에 들어오라고 말하는 거나 다름없다. 열쇠를 바꾸길 잘했다.

"맨션이냐?"

"응. 지금은 손잡이 가까이와 문 위 두 군데에 자물쇠가 더 달렸어."

"실제로 보지 않고는 모르겠지만, 아마 피킹(도구를 자물쇠에 집어넣어 여는 것—옮긴이)으로 열기는 어렵겠는걸. 맨션과 방의 위치는?"

"5층 맨션의 4층. 모서리 방. 역 앞이어서 사람들 왕래가 많아."

"전철 소리는?"

"시끄러울 정도야. 맨션 바깥 복도가 선로 쪽으로 나 있어."

그렇다면 할 만할지도 모르겠다. 드릴로 구멍을 내도 전철 소리에 묻힐 테니까. 흔적을 남기지 않는 것이 일을 할 때의 기본자세다. 문을 파괴하여 여는 것은 좋아하지 않지만, 그런 말을 할 처지가 못 되는 경우도 있는 법이다.

내 머리 속에서 필요한 도구와 절차에 대한 시뮬레이션이 시작되었다. 미리 그려보는 것. 그것이 중요하다. 야간 비행하는 조종사나 심장 수술을 하는 외과의사도 마찬가지일 것이다. 그들도 일을 하기 전에 순서를 먼저 머릿속에 그리지 않을까? 하지만 나는 아직 중요한 것을 듣지 못했다.

"그래서 여자 방에 들어가서 뭘 하면 되는 거냐?"

"내가 그녀에게 준 걸 모두 가져오는 거야. 편지, 반지, 옷, 구두, 여러 가지 있거든. 물론 나도 너와 함께 간다."

"말도 안 돼!"

나도 모르게 소리쳤다. "나는 물건은 훔치지 않아. 돈만이야. 그리고 일은 혼자 한다. 네가 따라오면 골치 아파져."

이누야마는 일어서서 벽에 걸린 전화의 수화기를 들었다.

"······뭐 하는 거야?"

"경찰에 전화. 고등학교 동창생이 빈집털이범을 하고 있다고."

"알겠다, 얘길 더 해보자. 앉아."

이누야마는 다시 자리에 앉았다. 나는 '이 새끼 정말 죽여버릴까' 생각까지 하면서 말했다. "냉정해지는 게 좋아."

이누야마에 대해 한 말인지 나 자신에게 한 말인지 알 수 없었다.

"여자에게 준 물건 따위 깨끗하게 잊어버리면 되잖아. 너, 열이 너무 많이 나는 거 아니냐? 침착해."

"난 그 여자에게 모든 걸 바쳤어. 마음도 시간도, 얼마 안되지만 돈도, 모든 걸 말이야. 나는 세상의 남자가 어째서 여자와 헤어진 뒤에 태연하게 지낼 수 있는지 이해가 안 가."

너는 익숙하지 않아서 여자와 헤어진 것 정도로 그렇게 신경이 곤두서 있는 거야. 그렇게 생각했지만, 이누야마가 위험한 녀석이란 걸 직감했기에 잠자코 있었다. 이누야마는 계속 지껄였다.

"그 여자는 내가 선물한 옷을 입고 회사에 갈지도 몰라. 그건 나의 한 부분을 몸에 지니고 있다는 거야. 내 한 부분이 그 여자에게는 그저 단순한 물질이 돼. 나는 도저히 참을 수 없어."

"네가 하려고 하는 건 범죄야."

알겠냐? 잘 적어. 난 이누야마에게 충고도 하고 말렸다고.

"네게 그런 말을 들으리라곤 생각지도 못했네."

이누야마가 웃었다.

이누야마는 내 면허증을 받아 챙기고, 대신 옛날 애인의
주소가 적힌 메모를 건네주었다. 나는 놈이 감기로 앓고 있
는 사흘 동안을 내리 문병과 사전 준비로 보냈다.

여자의 맨션은 이누야마의 맨션과 같은 전철 노선에 있었
다. 이누야마가 살고 있는 동네보다 다마강에 가까웠다. 나
는 에도가와 근처에 살고 있기 때문에 도네를 횡단하게 된다.

아침에 전철에 흔들리면서 자신에게 닥쳐오고 있는 파멸
을 어떻게든 회피할 수 없을까 생각했다. 이를테면 여자에
게 이누야마의 계략을 알려 주는 건 어떨까? 그러나 뭐라고
하면 되지? 너하고 사귀었던 남자가 네 방에 침입하려고 내
게 도움을 요청해서 곤란하다고?

이누야마에게 내 일을 들킨 시점에서 나는 이미 진 것이
다. 언젠가는 이런 날이 오리라 생각하고 있었다. 깨끗이 포
기하고 이누야마의 의향대로 움직일 수밖에. 잡히면 잡히
는 것이고, 들통 나면 들통 나는 것뿐이다.

맨션의 사전 답사는 한 번만 했다. 눈에 띄고 싶지 않았으니까. 관리인은 상주하고 있지 않았다. 낮에는 주민들이 거의 나가고 없다. 나는 언제나처럼 세일즈맨을 가장해 맨션 바깥 복도를 걸었다. 여자 방의 문에 달린 열쇠를 재빨리 확인했다. 손잡이 가까이에 달린 열쇠는 바꿔 달았다고 해도 흔히 있는 핀 텀블러 자물쇠다. 내부에 핀이 몇 개가 있건 피킹으로 열 수 있었다.

다만 문 위쪽에 새로 달아놓은 게 하필 커버스타 자물쇠였다. 이것을 얌전한 방법으로 여는 것은 무리다. 나는 문이 알루미늄이라는 것을 확인했다. 다음으로 여자의 방범 의식이 안쪽 자물쇠에까지 미치지 않았기를 기도할 수밖에. 빈집털이범의 침입을 막는다기보다 이누야마의 방문을 물리치는 것을 염두에 두고 열쇠를 바꿨을 테니, 뭐 괜찮을 거라고 판단했다.

여자의 방이 있는 4층 바로 옆에 고가高架 전철 선로가 지나가고 있었다. 소리가 굉장히 시끄럽다. 전철 승객 자리에서 맨션의 바깥 복도가 그대로 보였다. 역이 가까워서 감속하고 있다고는 하지만, 창밖의 풍경은 순식간에 지나가기 때문에 승객의 시선은 그다지 신경 쓰지 않아도 될 것이다. 하지만 대처 방법을 생각해두어서 나쁠 건 없다.

나는 준비를 모두 마치고 이누야마에게 연락했다. 이누야마는 감기가 다 나았는지 근무가 끝난 후에 신주쿠에서 만나자고 했다. 우리는 동쪽 출구 개찰구에서 만나 어디에나 있는 체인점인 선술집에 들어갔다. 그 가게 뒤편에서 마침 싸움이라도 일어났는지 호객꾼과 통행인의 주의가 그쪽으로 쏠려 있었기 때문이다.

술을 마시는 이누야마를 상상할 수 없었다. 아나나 다를까, 500시시 한 잔에 얼굴이 빨개졌다.

이누야마에게 등에 〈우에다 열쇠점〉이라고 적힌 청색 작업복을 건넸다. 글씨는 물론 내가 포스터 칼라로 도안한 것이다. 여러 가지 손재주가 많고 고생을 마다하지 않는 성격이 아니고서는 빈집털이범 같은 것도 아무나 못한다.

"당일에는 이걸 입어. 집에서 입고 나오면 눈에 띄니까, 공원 화장실이나 어디 가서 갈아입어. 역에는 카메라가 있으니 안 돼. 갈아입은 옷은 이 가방에 넣어둬."

나는 아래위가 붙은 작업복과 함께 종이가방 안에 들어 있는 작은 보스턴 가방을 가리켰다. 적당히 때가 탄, 그야말로 공구를 넣어 다니는 가방으로 보인다. 이누야마는 종이가방을 소중하게 받아들었다.

"결행은 언제 할 거야?"

"주말은 의미가 없잖아. 월요일까지 기다리자. 괜찮아?"

"괜찮아. 학교엔 감기가 도졌다고 하면 되니까."

이누야마는 대단한 기세로 중국식 볶음밥을 먹어치웠다.

"어쩐지 설렌다."

"다행이네."

내가 말했다.

월요일 오전 10시쯤, 나와 이누야마는 똑같은 작업복을 입고 여자가 사는 맨션 근처 역에서 만났다. 솔직히 말해서 이누야마는 작업복이 어울리지 않았다. 그 녀석에게 어울리는 옷은 지구상에 존재하지 않는다.

나는 도구와 갈아입을 옷이 든 가방을 X자로 메고, 손에는 위장용 공구통을 들었다. 이누야마는 보스턴 가방을 들었다. 녀석의 안면에 경련이 일었다.

"관둘래?"

기대를 하며 물었지만, 이누야마는 "가자"고 했다. 우리는 터덜터덜 고가도로를 따라 걸어서 여자의 맨션에 들어갔다. 업자를 가장했으니 엘리베이터로 4층까지 올라갔다.

"태연하게 행동해."

내가 말했다. 이누야마가 말없이 끄덕였다.

여자 방 앞에서 구부리고 앉아 작업 준비에 들어가는 척

하면서 문 내부의 모습을 살폈다. 텔레비전 소리며 사람이 움직이는 기척은 나지 않는다. 유급 휴가를 받아 집에 있기라도 하면 일단 되돌아서야 했지만, 다행히도 그녀는 출근한 것 같다.

나는 장갑을 끼고 목에 건 가방에서 장갑을 한 켤레 더 꺼내 이누야마에게도 끼라고 손짓했다. 여기서는 당당하게 최대한 짧은 시간에 작업해야만 한다.

목에 건 가방에 넣어둔 피킹 도구 세트를 복도에 펼친다. 먼저 문손잡이 가까이 있는 자물쇠다. 무릎을 꿇고 앉아 피크로 신중하게 자물쇠 구조를 살핀다. 이누야마는 옆에 우두커니 서서 내 작업을 묵묵히 바라보고 있다. 전철이 등 뒤를 지나간다. 도로에서는 차들이 끊임없이 오가는 소리가 들린다. 하지만 맨션에 사는 주민들의 목소리는 들리지 않는다.

실린더가 돌아가고 찰칵 하는 희미한 소리와 함께 자물쇠가 열렸다. 남한테 보여주면서 작업하기는 처음이라 조금 리듬이 흐트러졌는지 1분 반 정도가 걸렸다. 나는 숨을 토하며 일어서서 무릎을 폈다. 다음은 문 위쪽에 커버스타 자물쇠다.

문에 달린 어안렌즈를 공격할지, 문 자체에 구멍을 뚫을지 마지막으로 한 번 더 생각한다. 어안렌즈는 강화 유리다. 걸리는 시간으로 따지면 전동 드릴로 문에 구멍을 내는 쪽이 빠르다. 전철 굉음이 생각보다 훨씬 크다. 이곳 주민들은 소리에 둔감할 것이다.

결단을 내리자, 목에 멘 가방에서 배터리식 소형 전동 드릴을 꺼냈다.

"뭘 하려는 건데?"

이누야마가 불안한지 작은 목소리로 물었다.

"섬턴(실내에서 문을 잠글 때 열쇠로 잠그지 않고 손으로 꼭지를 돌려서 잠그는 장치—옮긴이)이라는 거야. 드릴로 문에 구멍을 뚫고 거기로 가는 봉을 찔러 넣어 안쪽에서 손잡이를 돌려 문을 여는 거지. 구멍은 금방 뚫리니까 걱정하지 마."

구멍 뚫는 위치를 커버스타 자물쇠 우측 옆으로 정하고 드릴을 들었다. 전철이 지나간다. 드릴의 전원을 켠다. 알루미늄을 깎는 손의 느낌. 금속 타는 냄새가 난다. 전철이 지나는 동안에 직경 1센티미터의 구멍이 뚫렸다.

"넣어."

이누야마에게 드릴을 넘겨준다. 이누야마는 허둥지둥 몸을 굽혀서 목에 멘 주머니에 드릴을 넣었다. 나는 문에 뚫린 구멍으로 끝이 굽은 바늘 모양의 도구를 찔러 넣어 자물쇠

안쪽 손잡이를 비틀어 열었다.

"자, 완료."

나는 장소를 양보했다. 이누야마는 감격한 탓인지 긴장한 탓인지 부들부들 떨면서 문손잡이에 손을 댔다. 문은 아무런 저항도 없이 열렸다. 우리는 가방을 들고 신발은 벗지 않은 채 여자의 방에 들어갔다.

창이 닫힌 실내에는 달콤새콤한 향기가 고여 있었다. 샴푸 냄새인가. 이누야마는 그리운 듯이 코를 킁킁거렸다. 정말로 개 같은 녀석이다.

"얼른 끝내. 어느 게 네 선물이냐?"

내가 침대 발치에 놓인 옷장을 열었다. 이누야마는 걸려 있는 원피스며 깨끗이 개켜놓은 블라우스를 한 장 한 장 음미하며 이따금 꺼내서는 보스턴 가방에 쑤셔 넣는다.

그러는 동안 나는 심심해서 방을 관찰했다. 아주 깔끔하게 정돈되어 있다. 냉동고 안에는 밑반찬이 든 플라스틱 그릇이 가지런히 있고, 방구석에는 패션 잡지가 쌓여 있다. 텔레비전 위에는 작은 사진 액자가 세 개 놓여 있다. 시골에 있는 부모인 듯한 사람. 친구하고 여행지에서 찍은 스냅 사진. 당연하지만 이누야마의 사진은 없다.

침대 반대쪽에는 책상이 있고, 약간의 책과 일기장이 세워져 있었다. 꼼꼼해서 그날그날 있었던 일을 세세히 적을 것이다. 예상대로 일기는 매일 쓰고 있었다. 게다가 돈도 끼여 있다. 나는 돈을 주머니에 넣고 일기장은 원래대로 돌려 놓았다. 얼마 있었냐고? 3만8천 엔. 전부 넣었지. 수고비다. 벌써 다 써버렸으니 못 돌려줘.

나는 이렇게 멀쩡한 여자가 어째서 이누야마와 사귀었을 까 의문스러웠다. 사랑에는 여러 가지 불가사의가 있는 것 이더군. 이누야마는 옷 뒤지기를 마치고 이번에는 신발장을 보고 있었다. 그리고 책상 뒤지기. 편지는 옛날에 버렸는지 발견되지 않았다. 이누야마는 실망한 것 같았다. 나는 웃음을 참느라 죽는 줄 알았다. 미련이 있는 것은 이누야마뿐. 처량하기도 해라.

반지는 테이블 위에 조개껍데기 모양의 액세서리 통에 있었다. 이누야마가 하도 "반지, 반지"하기에 어떤 건가 했더니 고등학생 커플이나 낄 법한 싸구려였다. 그래 놓고는 차였다고 불평을 하다니 뻔뻔스럽기도 하지. 나는 여자를 동정했다.

이누야마는 빵빵해진 보스턴 가방의 지퍼를 닫았다.

"끝났냐?"

묻고는 이누야마가 넣지 않고 남긴 옷장 속의 옷과 명품 가방과 구두를 적당히 주머니에 쑤셔 넣기 시작했다.

"뭐 하는 거야?"

이누야마가 놀라서 내 행동을 저지하려 했다. "그건 내가 준 게 아냐."

"바보냐, 넌?"

내가 말해줬지. "네가 준 것만 없어지면 범인은 이누야마입니다 하고 말하는 거나 다를 바 없잖아."

이누야마는 잠자코 있었다. 놈은 그런 것도 생각하고 있지 않았다. 팔견전 연구를 너무 해서 뇌 어딘가가 녹슨 건 아닐까.

나는 짐을 어깨에 메고 얼른 방에서 나왔다. 이누야마도 조금 뒤늦게 따라 나왔다. 이미 문에 구멍이 뚫렸으니 원래대로 해봐야 의미가 없다. 장갑을 낀 채 엘리베이터 버튼을 누르고 내려오는 길에 계단 버튼과 1층의 호출 버튼도 닦아두었다.

지금부터 어떻게 할 건가 묻자, 이누야마는 훔친 것을 태우겠다고 했다. 어디서? 하고 물으니 다마강 하천부지가 어떨까? 하고 되묻는다. 바보다. 강가에는 큰 맨션이 즐비하게 있고, 오가는 사람들도 많다. 최근에는 모닥불을 피우면 유해 물질이 나오느니 해서 그렇잖아도 시끄러운데, 그런 강변에서 여자 물건을 태우고 있다가는 신고당하기 십상이다.

그렇게 말해주자, 이누야마가 아주 한심한 목소리로 물었다.

"그럼 어떻게 하면 좋을까?"

나와 이누야마는 전철을 탔다. 도심 빌딩 숲에 등을 돌리고 다마강을 건너 산 가까이 갔다. 도중의 환승역에서 일단 내려 역 건물 안에 있는 패밀리 레스토랑에서 점심을 먹었다. 오후 1시 전의 일이었다고 생각한다. 이누야마는 굴튀김과 햄버그스테이크 세트를 주문하고, 나는 클럽하우스 샌드위치를 주문했다. 이누야마는 눈 깜짝할 사이에 요리를 해치웠다.

"잘도 먹네."

"긴장이 풀리니 배가 고프네."

녀석은 입가에 묻은 소스를 물수건으로 닦으면서 말했다.

밥을 먹는 속도가 빠르다는 것을 전혀 깨닫지 못하는 것 같다. 양 문제라고 생각했는지, "네가 먹는 샌드위치도 칼로리가 튀김과 햄버거만큼 나갈걸" 하고 지적했다. 나는 메뉴판을 펴서 칼로리를 확인했다. 클럽하우스 샌드위치는 정말로 막대한 칼로리를 자랑하고 있었다. 퍼석퍼석한 빵과 얇아빠진 햄과 계란이 전부인데 믿을 수 없다.

"네가 먹고 있는 햄버그스테이크, 두부로 만든 거냐?"

그렇게 말하며 메뉴판을 다시 보았지만, 표기는 〈소고기 100퍼센트〉였다. 이누야마는 즐겁게 웃었다.

우리는 역 앞 공중 화장실에서 작업복을 갈아입고 다시 전철을 탔다.

주택가를 달리고, 밭을 달리고, 이윽고 터널을 몇 개나 빠져나갔다. 산 능선을 달리던 선로가 바다에 가까운 작은 평야 쪽으로 구부러지면서 전철이 드디어 종착역에 도착했다. 산과 바다가 있는 마을이다.

월요일 오후에 양복을 입지 않은 남자 둘이 걸어 다니는 모습은 꽤 눈에 띈다. 그건 알고 있었지만, 더 이상 생각하지 않기로 했다. 이누야마가 하고 싶은 대로 하게 내버려두자고 마음먹었기 때문이다. 자포자기와는 좀 다르다. 로켓과 산책할 때의 감각에 가장 가깝다.

그 감각은 반은 내가 챙겨주어야만 한다는 타성, 나머지 반은 이 녀석과 함께 있으면 오늘은 무얼 볼 수 있을까 하는 기대로 이루어진 것이다.

매점에서 라이터를 산 이누야마가 역 앞에 서서 두리번거렸다. 잠시 후, 보스턴 가방을 다시 들고 걷기 시작했다.

"해안은 아마 이쪽일 거야."

나는 잠자코 뒤를 따라갔다. 등에 두른 보따리가 발을 움직일 때마다 엉덩이 근처에서 출렁거렸다.

바다까지는 15분 정도 걸렸다. 번화가를 빠져나가 조세키 공원을 가로질러 구도로를 따라 오래된 상점가를 통과하자, 어부들의 창고 너머로 바다가 보였다. 구름 사이로 해면에 옅은 햇빛이 비치고, 큰 파도가 하얀 포말을 일으켰다.

"날씨는 좋은데, 파도가 거치네."

내가 말하자 이누야마가 돌아보았다.

"전에도 그랬어. 그녀하고 왔을 때도."

해변에는 사람의 모습은 보이지 않고, 해초와 바위만 모래 범벅이 되어 뒹굴고 있었다. 여름에는 이곳도 청소를 하여 해수욕장이 되는 걸까? 파도가 너무 높아서 수영도 할 수 없을 것 같은데. 나는 그런 생각을 했다.

나와 이누야마는 도로에서 사각 지대에 위치한 테트라포드(4개의 돌기가 방사상으로 돌출한 호안 공사용 콘크리트 블록—옮긴이) 그늘에서, 떠내려 온 나무로 구멍을 팠다. 거기에 여자의 방에서 훔쳐온 것을 전부 넣었다.

"그럼."

이누야마는 엄숙하게 작은 꽃무늬 스커트를 집어 들고 라이터로 불을 붙였다. 화학섬유인 스커트에 녹을 듯이 불이 붙더니 곧 하얗고 가는 연기를 뿜어냈다. 이누야마가 스커트를 구멍에 던졌다. 불은 순식간에 다른 옷과 가방과 구두로 번졌다.

우리는 나무로 가방을 굴리면서 성대한 모닥불이 피어오르는 것을 지켜보았다. 두 사람의 작업복과 보스턴 가방도 불에 던졌다. 바람은 거의 없었다. 재가 섞인 연기는 곧장 하늘로 올라갔다. 불꽃이 안정되기 시작하자 우리는 나무를 주워 구덩이에 던졌다.

해질녘이 되었다. 산에서 바람이 불어오기 시작했다. 우리는 해변에 나란히 앉아 이따금 모닥불을 막대기로 한 번씩 저으면서 바다를 바라보았다. 연기는 조용하게 먼 바다 쪽으로 흘러가고, 재들은 꽃잎처럼 바다로 떨어졌다.

재는 비말에 잘게 부서져, 해면에 닿는 순간 담설談雪처럼 사라졌다. 그걸 보면서 이누야마가 말없이 내 면허증을 돌려주었다. 나도 잠자코 받아들었다.

물건들이 거의 다 타서 검게 그을린 덩어리가 되었을 무렵 이누야마가 말했다.

"너한테 사과할 게 있어."

나는 막대기로 다 탄 찌꺼기를 부순 다음, 모래를 덮어 구멍을 막았다.

"예비 열쇠를 그녀의 방 책상 위에 두고 왔어. 일부러 그 랬어."

나는 잠자코 있었다.

"나는 아마 잡힐 거야."

이누야마가 말했다. 해가 졌다. 해안을 따라 달리는 도로 에 불이 켜졌다.

"됐어. 이미 저지른 일이니까."

내가 말했다.

"네 얘기는 아무한테도 안 할게."

나는 이누야마의 말을 믿지 않았다. 믿지 않은 게 정답이 다. 결국 내가 지금 이렇게 당신한테 사건의 전말을 이야기 하는 꼴이 되지 않았는가.

그러나 이누야마를 원망할 생각은 없다. 따지고 보면 실 수로 그 녀석과 맞부딪쳤을 때부터 운이 다한 거니까. 나를 만나지 않았더라면 그 녀석도 바보 같은 생각을 실행에 옮 기지도 않았을 텐데, 그때까지 평범한 생활을 계속하며 살 았을 텐데. 그러니 비긴 셈이다.

적어도 나는 평소대로 완벽하게 내 일을 해냈다. 이누야 마와 친구처럼 이야기를 하고, 함께 목적을 달성했다. 나는 만족한다. 예쁜 것도 보았고. 당신은 본 적 없을 테지? 색깔도 선명한 여자 옷이 재가 되어 노을 지는 바다에 흩어지는 장면! 그건 정말로 한꺼번에 꽃이 피는 듯한 광경이었지.

나와 이누야마는 바다를 뒤로 하고 다시 전철을 탔다. 이번에는 하늘을 향해 깜박이는 빌딩 불빛이 있는 쪽으로. 이누야마가 먼저 전철에서 내렸다. 내리면서 앉아 있는 나를 보고 "그럼 이만" 하고 인사했다. 나는 어설프게 고개를 끄덕였다.

그걸로 끝.

처음에 말했지만 반성을 하고 있느니 어쩌니 하는 말은 써주지 않아도 좋아. 나는 내가 키우던 개를 닮은, 아는 남자와 공모하여 여자의 방에서 물건을 훔쳤다. 그 죄에 걸맞은 벌은 달게 받겠다.

형기를 마치면? 글쎄, 어떻게 할까? 로켓의 무덤에라도 가보고 싶네. 즐겁고 아름다운 며칠을 보낸 이야기를 그 녀석에게 보고해야지. 하지만 무리겠지. 부모님과 형은 이렇게 된 나를 용서하지 않을 테니까.

나는 지금도 로켓이 죽은 날에는 저녁밥을 먹지 않는다. 로켓은 저 시골의, 내가 태어난 집 마당에 잠들어 있다.

디 스 턴 스

선녀의 날개옷

선녀들이 물놀이하는 모습을 목격한 남자가 선녀의 날개옷을 훔쳐갔다. 날개옷이 없으면 하늘에 올라가지 못하는 선녀는 할 수 없이 남자의 아내가 되었다. 두 사람 사이에 아이가 생겼다.

어느 날, 아이가 날개옷을 발견했다. 선녀는 '만나고 싶으면 오이넝쿨을 타고 하늘로 오세요'라고 적은 편지를 남기고 아이들과 하늘로 돌아갔다.

남자는 선녀를 만나러 하늘로 올라갔지만, 선녀의 아버지는 남자를 인정하지 않고 자꾸자꾸 어려운 문제를 냈다. 남자는 선녀의 도움을 받아 문제를 모두 해결했지만, 마지막으로 먹어서는 안 된다고 한 오이 열매를 자르고 말았다. 오이에서 물이 흘러넘쳤다. 큰 강이 되어 남자와 선녀를 갈라놓았다. 선녀는 매달 7일에 강을 건너 만나자고 했지만, 남자가 매년 7월 7일에 만나자는 걸로 잘못 듣는 바람에 두 사람은 1년에 한 번밖에 만날 수 없게 되었다.

뎃파치는 아빠와 나이 차가 많이 나는 남동생이다. 8년 전에 대학원에 다닌다고 우리 집에 왔다. 어느 날, 학교에서 돌아왔더니 뎃파치가 거실에 앉아 있었다. 엄마가 끓여준 차를 마시면서 그가 다정하게 인사를 건넸다.

"안녕. 오늘부터 여기서 신세를 지게 됐어."

낯선 남자가 갑자기 나타난 바람에 나는 잠시 머뭇거렸다. "무겁지?" 뎃파치는 빙그레 웃으며 내 어깨에 멘 가방을 내려주었다. 벌써 옛날이야기다.

선생님은 어쩌면 겨우 8년 전 일을 가지고 옛날이라고 한다고 웃을지도 모르지만.

전에 텔레비전을 보는데, 가요 프로그램에 나하고 별로

나이 차이가 나지 않는 아이돌이 나왔다. 아이돌은 데뷔 당시의 영상을 보고 호들갑을 떨었다. "우와, 엄청나게 옛날이네. 그리워라!" 그랬더니 사회자가 코웃음을 쳤다. "너처럼 어린애한테 옛날이고 뭐고가 어디 있어. 그저 몇 년 전 영상일 뿐이잖아!"라고.

나는 몹시 화가 났다. 중년의 그 남자에게 증오를 품었을 정도다. 아무것도 모르면서. 몇 년 동안 톱 아이돌로 뛰어온 그녀와 불규칙한 생활을 해서 얼굴이 팅팅 부은 당신하고는 시간이 흐르는 게 다르다고.

시간은 일정한 속도로 흐르지 않는다. 같은 1분이어도 애가 탈 정도로 길 때가 있는가 하면, 눈 깜짝할 사이일 때도 있다.

아무리 오래 살았어도 시간의 무게와 잔혹함을 의식하지 않고 흥흥거리는 사람이 있는가 하면, 아직 어려도 시간에 짜부라질 것 같은 경험을 한 사람도 있는 법이다.

사회자는 그 사실을 깨닫지 못하는 무신경한 바보다.

내가 텔레비전에 대고 불평을 하자, 마침 우리 집에 저녁을 먹으러 와 있던 뎃파치가 "정말 그러네" 하면서 식탁 너머로 팔을 뻗쳐 내 머리를 쓰다듬어 주었다. 뎃파치는 나를 이해했다.

뎃파치는 2년 동안 우리 집에서 하숙을 하며 대학원에 다녔다. 취직한 후에는 우리 집 근처에 맨션을 얻어서 살고 있다. 그러나 회사는 작년에 그만둬버렸다. 이쯤에서 인생 설계를 다시 하고 싶었던 것 같다. 지금은 매일 사법고시 공부를 하고 있다. 잘 모르겠지만 대단히 어려운 시험이라고 한다.

만난 지 8년째인 올해, 나는 열여섯 살, 뎃파치는 서른이 되었다.

나도 내가 나이를 먹었다고 생각하지만, 뎃파치는 그 이상의 속도로 아저씨가 되었다. 뎃파치는 젊어 보인다. 사진을 보여주면 반 친구들이 입을 모아 말했다. "말도 안 돼, 이 사람이 삼촌이라고? 너무 젊고 멋있잖아!" 그러나 역시 서른이면 아저씨는 아저씨다.

우리의 나이차는 언제까지고 열네 살이다. 어떻게 해도 뎃파치를 따라갈 수 없다. 내 걸음이 너무 느린 것 같은 느낌이 든다. 가끔 뎃파치가 지금 당장 죽는다면 어떨까 하는 생각을 한다. 그러면 뎃파치는 서른에서 시간을 멈춘다. 나는 그 후, 뎃파치의 추억을 가슴에 품고 12년 정도 살다가 자살한다. 그렇게 하면 나는 스물여덟 살이고 뎃파치는 서른. 잘 어울리는 커플이 천국에서 탄생한다.

나는 이런 생각을 하다가 바로 넌덜머리를 낸다. 뎃파치가 죽은 후, 12년이나 혼자 살아야 하다니. 우리 사이에 있는 14년이라는 나이 차이는 그만큼 크다.

대체 둘이 어느 정도 살면 나이차에 대해 주위에서 이러니저러니 말하지 않게 될까? 뎃파치가 쉰이 되어도 나는 서른여섯 살이다. 뎃파치가 일흔일 때 나는 쉰여섯. 나는 매일 밤, 피부 관리로 시간을 보내고 있으니 분명 쉰여섯이 되어도 사십대 초반으로밖에 보이지 않을 터. 안 되잖아. 나이차가 줄어들긴커녕 점점 벌어진다.

나는 종이에 두 사람의 나이를 써보았다. 뎃파치가 아흔두 살, 내가 일흔여덟 살 쯤에야 겨우 '이 정도라면 나이차 따위 아무도 신경 쓰지 않을 것'이라는 생각이 들었다. 바보 같다. 그런 영감 할망구가 되어 모두에게 인정받은들 무슨 기쁨과 즐거움이 있겠는가?

선생님이 시키는 대로 나와 뎃파치 이야기를 쓰긴 하겠지만, 이런 느낌으로 괜찮을까? 카운슬링이라면서 이상한 거나 시키고. 내 개인적인 사건을 읽고 선생님은 즐거울까? 대체 나의 무엇을 이해할 수 있을까?

그러나 제일 이상한 것은 우리 부모님이다. 용돈을 더 줄 테니 제발 심리치료 병원에 다녀오라고 부탁한다. 나는 전혀 이상하지 않은데. 나는 용돈을 조금씩 모아서 뎃파치와 함께 먼 곳으로 갈 생각이다.

엄마는 처음부터 뎃파치를 경계했다. 아직 초등학생인 내게 종종 주의를 주었다. "삼촌과 너무 둘이서만 있으면 안 돼. 공부에 방해가 되지 않도록 너는 네 방에 있도록 해." 그렇지만 그건 무리다. 뎃파치는 다정하고 자상하고 아는 것도 많았다. 퇴근이 늦은 엄마와 아빠를 대신해서 밥을 지어 주었고, 숙제를 봐주었고, 목욕도 시켜 주었다. 나와 뎃파치는 이내 친해졌다.

나는 뎃파치 덕분에 성숙해졌다. 내 몸도, 지식도, 외모며 성격조차도 뎃파치가 만들었다고 해도 과언이 아니다.

엄마의 친정은 모계 가족이다. 남자가 태어나지 않는 건 아니지만, 어째선지 모두 일찍 죽는다. 엄마는 집안에서 남자라는 것을 거의 모르고 자랐다. 그래서 엄마는 젊은 남자인 뎃파치를 지나치게 경계했다.

아니, 어쩌면 이것은 우리 엄마에 대한 뎃파치의 생각이었을지도 모른다. 나는 뎃파치가 내게 말한 생각을 어느샌가 내 견해라고 착각하고 있는지도 모른다. 어느 쪽이든 좋다. 마찬가지다. 나의 모든 것은 뎃파치로 이루어졌으니까.

아빠는 완전히 안심하고 있었다. 내가 집에서 우리 반 남자애들 이야기 같은 걸 전혀 하지 않으니까. 내가 아빠가 생각하던 아이가 아니란 걸 알고 갑자기 당황하기 시작했다. 화도 내고, "너는 그런 애가 아니잖아" 하면서 설득하기도 했다. 내가 보기에는 아빠야말로 카운슬링을 받는 편이 좋을 것 같다. 그렇게 자제력을 잃고 흐트러져 있지 말고.

요즘은 생각대로 되지 않는 나를 감당하기가 버거운지 시선도 마주치지 않고 말도 걸지 않는다. 나를 키우는 법을 알 수 없는 생물처럼 취급한다. 사료값과 병이 났을 때 병원에 다니는 돈. 그것만 주면 충분하지? 하는 태도다. 나도 아빠에게는 기대 따위 전혀 하지 않는다. 예전부터 그랬다.

아빠는 중학교 교사다. 할아버지도 교사여서 그 연줄로 채용된 것 같다. 아빠 친척들은 그렇게 대대로 교사를 하고 있다.

뎃파치가 말했다. "대우가 좋고 안정된 직업은 대부분 세습제야. 사회란 것은 지저분하지"라고. 뎃파치는 그런 걸 싫어해서 교사가 되지 않았다.

뎃파치는 자기 이름도 몹시 싫어했다. 뎃파치라는 이름은 긴파치 선생 ('3학년 B반 긴파치 선생'이라는 드라마의 주인공—옮긴이)에게 감명을 받아 할아버지가 붙인 이름이라고 한다. 말하자면 뎃파치의 아버지가. 미쳤다.

그런데 아빠는 뎃파치를 '미쳤다'고 욕한다. "그 녀석은 교사도 되지 못하고 놈팡이처럼 지내더니 결국 이 꼴이냐?" 아빠도 감각이 이상하다. 동생 이름을 긴파치 선생에서 본떠 뎃파치라고 지은 자기 아버지를 더 욕했어야 하건만.

엄마는 아빠처럼 정신없이 동요하지는 않았다. "이렇게 되지 않을까 했다니까" 하고 아빠를 나무랄 뿐이다. 그리고 내게 조용하고 나직하게 말했다.

"아직 나이도 어린 주제에 징그럽게."

징그럽게? 나는 징그러운 짓 절대 하지 않았다.

그저 사랑한 것뿐이다.

나는 열네 살 때 뎃파치와 섹스를 했다. 정말 멋진 체험이었다. 나는 그 무렵 오른쪽 가슴만 몽우리가 진 듯이 아프고 크기도 좌우가 조금 달랐다. 불안해져서 "병이 아닐까요?" 하고 뎃파치에게 물었더니, 뎃파치가 내 가슴을 살짝 만져보고 나서 말했다. "아냐. 아직 성장하는 도중이어서 그럴 거야. 정 걱정되면 내가 함께 병원에 가줄게. 하지만 괜찮을 거야."

뎃파치는 내 오른쪽 가슴에 부드럽게 키스를 하면서 왼쪽 가슴을 만져주었다. 뎃파치는 내 아래 털을 손가락 끝으로 쓰다듬으면서 내 속으로 들어왔다. 나는 내 몸은 두 개로 갈라지도록 생겼구나 생각했다.

"감싸는 게 아니라 끼는 깃 같네."

뎃파치가 잠꼬대처럼 중얼거리면서 웃었다. 그리고 강아지처럼 코로 공기를 적셨다. 나는 너무 사랑스러워져서 뎃파치의 관자놀이에 흐르는 땀을 혀로 핥았다.

어느 날 문득 보니 가슴은 어느새 크기가 같아졌다. 조금 작았던 왼쪽 가슴을 뎃파치가 정성껏 만져준 덕분이다. 분명하다.

이제 와서 사람들이 뎃파치에 대해 이러쿵저러쿵 하는 소리를 듣고 싶지 않다. 섹스하기에 어울리는 나이란 건 아무도 정할 수 없는 거니까.

나는 열 살 무렵부터 뎃파치와 섹스 비슷한 짓을 해왔다. 같이 목욕을 할 때면 뎃파치의 그곳이 커졌다. 내가 만졌기 때문이지만. 엄마는 그런 나를 알고 있어서 징그럽다고 한 건가? 그러나 그런 게 달려 있으면 누구라도 만지고 싶지 않나?

뎃파치는 몸을 씻던 손을 멈추고 깜짝 놀라 내 얼굴을 보았다.

"놀라게 했구나, 미안." 지금 생각해보면 웃음이 나는 말이다.

"징그럽니?"

나는 고개를 저었다. 전혀 징그럽지 않았다. 호기심과 두근거림이 분명 있었다. 하지만 남들한테 말하면 안 되는 거란 것도 알고 있었다.

나는 뎃파치의 그것을 꽉 잡았다. 뎃파치는 "아얏" 하면서 욕실 의자 위에서 조금 허리를 뺐다. "좀 더 부드럽게 다루어야 되는 거야."

나는 그가 요청하는 대로 초등학교에서 기르는 토끼를 쓰다듬어줄 때처럼 부드럽게 손을 움직였다. 뎃파치의 몸에 묻은 비누거품을 손에 묻혀 미끌미끌하게 하는 짓까지 했다.

우리는 서로 비밀을 나눠가지고 쿡쿡 웃었다.

뎃파치가 내게 뭔가를 강요한 적은 없다. 전부 나도 원한 것이다.

욕실은 우리의 놀이터. 타일에 무릎을 꿇은 뎃파치는 서 있는 나를 뒤에서 껴안고 내 다리 사이에 그것을 끼우고 비빈다. 처음에는 내게도 그것이 생긴 것 같아 재미있었지만, 어느 순간부터 느낌이 무척 좋아졌다.

뎃파치는 손가락으로, 혀로, 몸 전부를 사용해서 나를 다시 만들어 주었다. 나는 그것을 본보기로 뎃파치를 어떻게 만지면 되는지를 배웠다.

나는 뎃파치를 좋아한다. 기분 좋은 것을 해주기 때문만은 아니다. 뎃파치가 나를 사랑하고 있다는 것을 언제나 느끼게 해주기 때문이다.

선생님은 "나이차는 그렇다 쳐도 혈연관계인 것이 나쁘다"라고 말씀하고 싶을지도 모른다. 나도 그걸 생각하지 않은 건 아니다.

뎃파치와 처음 섹스를 했을 무렵, 우연히 학교 도서실에 있던 지토 천황의 만화를 보게 되었다. 그녀는 아버지의 동생과 결혼했다. 옛날에는 아주 흔한 일이었던 것 같다. 더욱이 여자는 열두 살이나 열세 살에 결혼했다. 나는 "뭐야?" 하고 생각했다.

"해서 안 되는 일이란 건 시대에 따라서 달라지는 거네요."

내가 말했다. 내 아래 털을 깎고 있던 뎃파치는 면도칼을 움직이던 손을 멈추고 눈을 들었다.

"해서 안 되는 일이란 건 말하자면 금기라는 의미?"

"네. 어려운 말로 하자면."

나는 다리를 벌리고 꼼짝 않고 누운 채 대답했다. 뎃파치는 뜨거운 물을 담은 대야에 타월을 적셔서 꼭 짜서 내 그

곳에 갖다 댔다.

"이발소에서는 수염을 깎은 후에 이렇게 타월 찜을 해준
단다. 기분 좋지?"

뎃파치가 웃으며 말했다. 나는 "네" 하고 대답한다. 내쉬
는 숨소리로 혼동할 정도로 쉰 목소리로.

"금기에 대해서 말인데, 네가 말한 대로야. 기준은 항상
변해. 혼인에 관한 금기는 시대와 사회 형태에 따라 달라지
고, 살인에 대한 금기조차 상황에 따라 달라지지. 넌 머리가
좋아."

"뎃파치가 많이 가르쳐주었잖아요."

나는 사랑스러운 듯이 나를 바라보는 뎃파치에게 긍지를
갖고 말했다.

"자, 다 했다. 귀엽네."

뎃파치는 타월을 치우고 그곳에 키스했다.

뎃파치는 그 후에도 가끔 내 털을 깎았다. 그곳이 매끈매
끈한 게 좋다고 한다. 나는 털이 나기 시작할 때 따끔따끔하
고 가려워서 별로 좋아하지 않는다. 그러나 불평을 한 적은
없다.

뎃파치가 원하는 거라면 뭐라도 해주고 싶다.

그런데 요즘 뎃파치는 왠지 내게 차갑다. 원인은 알고 있

다. 부모님에게 들켰기 때문이다. 그것 말고는 없다.

2개월 전, 나는 엄마와 아빠와 뎃파치와 함께 할아버지 장례식에 갔다. 그러니까 아빠와 뎃파치의 아빠가 죽은 것이다.

떨어져 살아서 거의 만난 적이 없기 때문에, 할아버지가 죽었다는 말을 들어도 별로 슬프진 않았다. 하지만 뎃파치는 장례식을 하는 동안 축 처져 있었다. 뎃파치에게 이상한 이름을 지어준 할아버지인데 그래도 죽고 나면 슬픈 모양이다. 뎃파치의 모습을 보고 나도 조금 울었다. 만약 아빠가 죽는다면 나도 몹시 슬플 것 같다.

나는 위로해주고 싶어서 화장터 마당에서 뎃파치에게 키스를 해주었다. 그걸 하필 내 사촌이라고 하는 꼬마에게 들켜버렸다.

초등학생쯤 되어 보이는 그 아이가 "우와, 뎃파치 아저씨가 키스를 해!" 하고 시끄럽게 떠들어댔다. 나와 뎃파치는 황급히 조용히 하라고 시켰지만, 시키면 시킬수록 그 녀석은 신이 나서 뛰어가더니 화장터 대기실에 있던 친척들에게 큰 소리로 보고했다.

진짜 어이없고 재수 없는 녀석이다. 나는 초등학생 때 그것보다 훨씬 어른스러웠다. 적어도 키스 정도로 그렇게 소란을 피우거나 하진 않았다.

할아버지의 뼈를 줍는 게 문제가 아니었다. 나와 뎃파치는 아빠와 고모들에게 추궁당하고, 엄마는 울고 이름과 얼굴이 일치하지 않는 다른 친척들은 빙 둘러서서 수군거리며 우리를 쳐다보았다.

나는 짜증나고 화가 났지만, 당당하게 말해버렸다.

"맞아요, 뎃파치와 줄곧 사귀어왔어요."

뎃파치는 잠자코 있었다. 그날부터 뎃파치는 우리 집에 와서는 안 되었고, 나도 뎃파치와 만나지 못하게 되었다.

모두가 우리를 떼어놓으려고 안달이었다. 아빠는 내게 카운슬링을 받으러 다니며 사고를 교정 받으라고 했다. 삼촌과 연애를 하다니, 머리가 어떻게 된 거라면서.

뎃파치는 아빠가 무섭게 말한 탓에 우리 집에 오지 않는다. 그렇다면 내가 만나러 가면 된다. 뎃파치를 만나지 못하면 죽어버릴 것처럼 괴롭다. 무엇을 하고 있어도 뎃파치의 표정과 목소리가 떠오른다. 그런데 만날 수 없다고 생각하면 아무것도 아닌 일에 화가 나고 눈물이 난다.

나는 뎃파치에게 관리를 받지 않으면 바로 망가진다. 뎃파치가 나를 만들었으니까. 내 몸 구석구석 손질해주고 "사랑한다"고 속삭여주지 않으면 안 된다. 그러지 않으면 내 위는 음식물을 받아들이지 못하고, 피부는 온기도 산들바람도 느끼지 못한다.

첫 번째 카운슬링 선생님은 "동년배 친구와는 어떤 얘기를 나눠요? 괜찮다 싶은 남자아이는 없어요?" 하고 물었다. 그때는 잠자코 있었지만, 지금은 분명히 대답할 수 있다.

우리 반 남자아이들은 어린애 같아서 친구로서 얘기를 나누는 건 괜찮지만, 사귄다는 건 도저히 생각할 수 없다. 친구는…… 친한 아이가 있지만 절교 중.

뎃파치와 자주 만날 수 없게 된 후, 친구인 마키코에게 사정을 털어놓으며 상담을 했다. 어쨌든 누군가에게 이야기를 털어놓고 싶었다. 물론 삼촌과 사귄다는 말은 하지 않았다. 나이차가 많이 나는 사람과의 교제를 부모가 반대해서 힘들다고 이야기했다. 나는 학교에서 종종 '뎃파치 아저씨' 이야기를 했기 때문에 마키코는 어렴풋이 내가 사귀는 '나이차가 많이 나는' 사람이 누구인지 알았을 거라고 생각한다.

마키코는 묵묵히 내 이야기를 다 듣고는 이렇게 말했다.

"좋은 기회잖아. 롤리타 콤플렉스 아저씨하고 헤어져버려."

나는 심하게 충격을 받아 "롤리타 콤플렉스라니. 그런 게 아냐"하고 중얼거렸다. 마키코는 내 얼굴을 빤히 보면서 맥도날드 포테이토를 집어먹었다.

"그 사람은 정말로 너를 좋아하니? '여고생인 너'를 좋아할 뿐인 거 아니니? 그렇지 않고서야 어째서 그 정도 반대로 벌써 만나러 오지 않냐고."

마키코의 말은 아무리 읽어도 의미를 알 수 없는 국어 문장 문제 같았다. 이해가 되지 않고, 이해하고 싶지도 않다.

뎃파치는 여고생인 나를 좋아하는 게 아니다. 내가 초등학생 때부터 좋아해주었는걸. 오히려 뎃파치는 작년부터 내게 좀 차가워졌다. 그러나 그것은 뎃파치가 공부하느라 바쁘기 때문이다. 내게도 사생활이란 게 있으니 배려해주는 것뿐이다.

"어째서 그렇게 매정하게 말하는 거야? 너는 연애를 해본 적이 없지?"

"그러네, 없을지도."

마키코는 온화하게 말했다. "하지만 여고생을 상대로 하는 남자치고 제대로 된 사람은 없을걸."

"이제 너하고는 얘기 안 해!"

나는 그 층의 손님들이 모두 돌아볼 정도로 목청껏 소리쳤다. 마키코를 남겨둔 채 가방을 들고 계단으로 향했다. 계

단을 내려가기 전에 잠깐 돌아보았더니, 마키코는 아무 일
도 없었다는 듯 당당하게 포테이토를 먹고 있었다.

집으로 바로 돌아갈 마음이 들지 않아 뎃파치가 사는 맨
션에 놀러갔다.

맨션은 다마 강변에 있다. 베란다에서 보이는 수면은 뿌
옇고 탁해서 밤이 되면 물이 어디에서 어디로 흘러가는지
알 수 없다. 멀리 철탑 꼭대기에서 작고 빨간 불빛 하나가 반
짝거렸다.

나는 미지근한 바람을 맞으면서 강 건너 모래밭의 버드나
무를 보는 것을 좋아했다. 저녁 무렵에는 야구를 하는 초등
학생과 플라스틱 원반을 던져 그걸 개에게 물고 오게 하는
아저씨들로 법석거리는 강변이지만, 밤에는 아무도 없다.

가끔 철교를 지나는 전철이 강변의 돌과 풀과 버드나무
잎을 밝게 비추었다.

나는 전철이 강 위를 지나가는 것을 볼 때마다 가슴이 설
렌다. 저 다리가 절대 무너지는 일이 없을 거라고 누가 보장
할 것인가!

쇠끼리 스치면서 나는 묵직한 소리가 대참사의 전조처럼
들려오다, 철교를 지날 때면 좀 더 톤 높은 소리로 바뀐다.
네모난 창으로 새어나오는 빛이 연속으로 강변을 비추고,

끈적거리는 검은 수면을 비추고, 또 강가 모래밭을 비추고, 뎃파치의 맨션 외벽을 비추고는 즐비한 집들의 그늘 속으로 사라져간다. 아무 일도 없이.

"저기요."

나는 실망하여 베란다 난간에서 방 쪽을 향해 돌아섰다.

"나 그만 가봐야겠어요."

"그래."

뎃파치는 고개도 들지 않는다. 테이블에 앉아 두꺼운 교재에 빨간색과 노란색과 분홍색 마커로 열심히 선을 긋고 있다.

"못 데려다준다, 미안하지만."

뎃파치는 그 말이 나에게 얼마나 상처를 주는지 알지 못한다.

뎃파치는 너를 위해서야라고 한다. 아주 어려운 시험이지만 꼭 붙어야해. 너와 어딘가 가서 살려면 이 자격증은 큰 힘이 될 것이고, 네가 미성년인 동안에도 보호자가 변호사라면 아무도 무슨 소리 못 할 거고, 수상하게 여기지도 않을 거야.

마커로 선을 긋고 있는 그의 등이 아득히 멀게 느껴진다.

뎃파치, 정말로 나를 위해 하는 거예요? 어려운 시험 따위 아무래도 상관없는데. 뎃파치의 직업이 무엇이건 전혀 상관없는데. 그런 것보다 더 많이 만나고 더 함께 있어 주는 게 좋은데.

나는 혼자서 뎃파치의 맨션에서 나와 전철을 탔다. 뎃파치가 베란다에서 지켜보고 있을지도 몰라 전철이 강을 건널 때 창으로 바깥을 내다보았다. 어느 베란다에도 사람 그림자는 없었다. 강을 건너 이웃 역에서 내려 집까지 터덜터덜 걸었다.

나는 학교에서 마키코를 만나도 완전히 무시했다.

뎃파치는 나를 생각해서 지금은 되도록 만나지 않으려 하고 있는 거다. 식구들이 너무 시끄럽게 구니까 내가 어른이 될 때까지 기다리는 거다.

어른이 되면 나는 뎃파치와 어디든 갈 수 있다. 내가 뎃파치의 조카라는 걸 아무도 모르는 곳으로. 나이차도 머잖아 별것 아니게 된다. 아아, 그러나 그 '머잖아'가 언제냐고? 서로 나이를 먹으면? 그래, 뎃파치가 꼬부랑 할아버지가 될 때까지. 하지만 그때까지 앞으로 몇 십 년이 남았지? 생각하면 머리가 돌아버릴 것 같다.

절대 좁힐 수 없는 거리가 우리를 가로막고 있다.

오늘도 학교에서 돌아오는 길에 뎃파치의 맨션에 들렀다.

뎃파치는 부재중이었다. 어딜 갔을까. 사법고시 학원에 가는 날은 화요일과 목요일일 텐데.

예비 열쇠로 문을 따고 안으로 들어갔다.

뎃파치는 굉장히 꼼꼼하다. 방은 늘 깨끗하게 정돈되어 있다. 나는 싱크대에 있던 컵과 수저를 씻고, 테이블 위의 교재를 주르륵 넘겨보았다. 그래도 뎃파치가 돌아오지 않아서 텔레비전을 켰다.

초저녁 뉴스는 잔혹한 사건과 평범한 생활을 번갈아가며 보여주었다. 어느 유치원에서 아이들이 소원을 적은 종이를 대나무에 장식하고 있었다. 베란다 너머에 펼쳐진 하늘은 흐려서 별이라곤 보이지 않았다.

뎃파치의 책장에는 빨간 앨범이 다섯 권 꽂혀 있다. 내용물은 전부 뎃파치가 찍은 내 사진이다. 머리에 샴푸 거품을 잔뜩 뒤집어쓰고 알몸으로 울고 있거나, 유원지의 회전목마를 타고 웃고 있거나, 강가에서 민들레를 꺾고 있거나. 뎃파치와 보낸 시간이 가득 담긴 앨범이다. 초등학교 졸업식과 중학교 입학 날 아침에 찍은 해맑은 얼굴의 사진도 있다.

나는 그걸 차례대로 보았다. 네 권 째부터 사진 수는 급격히 줄어들다가, 작년 이후에 찍은 것은 한 장도 없다. 아직

페이지가 잔뜩 남아 있는데.

나는 알고 있다. 뎃파치는 내가 중학교를 졸업할 무렵부터 사진을 찍지 않았다. "바빠서 그래." 뎃파치는 미안한 듯이 웃었다.

믿고 싶다. 뎃파치를 믿지 않으면 안 된다.

뎃파치가 가슴이 작은 여자를 좋아한다고 해서 나는 작은 브래지어를 하고 다닌다. 꽉 졸라매면 가슴이 커지지 않는다고 어느 잡지엔가 쓰여 있었다.

나는 뎃파치가 좋아하는 귀여운 옷을 입고, 여드름이 생기지 않도록 엄청 주의하며, 군살이 붙지 않도록 채소만 먹고, 핑크색 립글로스를 바르고, 오렌지 향이 나는 오드콜로뉴를 가볍게 뿌리고…… 어쨌든 셀 수 없을 정도로 많은 것을 모두 뎃파치의 취향에 맞추고 산다.

그런데 뎃파치는 내게 점점 흥미를 잃어가는 것 같다.

뎃파치는 나를 좋아하는 거 맞겠지?

귀엽다고 말해주었는걸. 사랑한다고 말해주었는걸. 나이 같은 건 상관없다고. 열 살인 나도, 열여섯 살인 나도, 서른이 되어도 예순이 되어도 좋아한다고 말해주었으면 좋겠다. 나를 안심시켜줘. 부탁이니 만나러 와줘.

밤까지 기다렸지만 뎃파치는 돌아오지 않았다. 나는 가방에서 꽃무늬 메모장을 꺼내 〈몇 시여도 좋으니 만나러 와주세요. 휴대 전화로 전화를 걸어주면 집에서 빠져나올게요〉라고 써서 테이블에 놓았다.

그러나 뎃파치는 오지 않는다.

분명 사법고시 공부로 바쁘기 때문이다.

이걸로 끝. 자, 선생님, 나를 분석해 보세요. 아빠가 만족할 때까지 실컷.

아무리 잘게 다지고 아무리 깊이 파도 내 속에 넘치는 것은 그저,

보고 싶다. 보고 싶다. 보고 싶다.

그것뿐.

입 강 은 녹 색

우라시마 타로

우라시마 타로라는 어부가 아이들에게 괴롭힘을 당하던 거북이를 구해주었다. 거북이는 감사의 뜻으로 타로를 용궁으로 안내했다. 아름다운 아가씨가 타로를 마중 나왔다. 타로는 용궁에서 아가씨와 함께 꿈같은 날들을 보냈다.

3년이 흘렀다. 타로는 마을로 돌아가기로 했다. 아가씨는 타로에게 "절대로 열면 안 돼요" 하면서 구슬 상자를 선물했다.

타로는 거북이를 타고 고향으로 돌아왔다. 마을의 경치는 완전히 바뀌어 있었다. 타로가 용궁에서 3년을 사는 동안 지상에서는 몇 백 년이 흐른 것이다. 당혹스러워진 타로가 구슬 상자를 열었더니 안에서 하얀 연기가 나왔다. 그리고 타로는 순식간에 노인이 되었다.

월   일

오늘도 바다는 잔잔했다.

아침에 배를 타고 나가 그물을 걷으면서 또 한 번 경치에 반했다. 태어나고 자란 곳이면서 매일 넋을 잃고 "아름답네"하고 감탄하다니, 내가 좀 이상한 건지도 모르겠다. 그러나 아름다운 것은 사실이다.

울창하게 이어진 녹색 산기슭이 몇 개의 작은 입강入江(바다나 호수가 내륙 쪽으로 들어가 형성된 작은 만―옮긴이)을 이루고 있다. 사람이 살 수 있는 장소는 바다와의 경계, 입강을 둘러싼 좁은 길 한 가닥밖에 없다. 길가에는 산을 등지고 비슷한 구조의 목조 이층집들이 입강을 향해 줄줄이 늘어

서 있다. 어느 집이나 2층 창에다 이불을 말리려고 널어놓
아서, 일을 마치고 돌아올 때 보면 마치 색색의 꽃밭 같다.

1층은 배를 대는 곳으로 쓴다. 조수가 철썩철썩 집 안까
지 차들어 오기 때문이다. 이따금 철퍽 하고 작은 파도가 1
층 벽에 부딪치는 소리도 난다. 나는 그 소리가 참 좋다.

이렇게 바다와 하나가 된 집을 우리는 뱃집이라고 부른
다. 본가는 좁은 길을 사이에 두고 산 쪽에 따로 있다. 나는
조금이라도 바다에 가까이 있고 싶어서 혼자 뱃집 2층에서
기거하고 있다.

어릴 때 자연계에는 쓰나미라는 현상이 있다는 걸 알고 나
는 엄청 무서워했다. 내가 사는 입강에는 제방 같은 게 없다.
바다는 큰길과 집 바로 옆, 내 발치에서 이미 펼쳐져 있다.

"쓰나미가 오면 어떻게 해요?"

저녁을 먹으면서 부모님과 형에게 물었다. 아마 반쯤 울
상 짓고 있었을 것이다.

아버지가 웃으면서 말했다.

"그런 건 여기 오지 않아."

"어째서 오지 않는데요?"

"지금까지 온 적이 없으니까." 아버지가 대답했다.

지금 생각해보면 아버지의 말은 그리 좋은 답이 아니었

다. 하지만 쓰나미까지는 아니더라도 태풍이 올 때마다 큰 파도가 덮치는 장소였다면, 뱃집처럼 바다에 무방비한 건물을 세웠을 리가 없다.

이 일대의 바다는 몹시 평온하다. 입강 내부에서는 파도가 호수에 이는 물결 정도밖에 일지 않는다. 입강은 외해外海가 아니라 반도 쪽을 향해 열려 있다. 그래서 태풍의 피해도 쓰나미의 피해도 입지 않는 것이리라.

뱃집은 농사지을 땅이 적어서 바다에서 생계를 이어가야 하는 이곳 생활에 아주 적합한 건물이다.

동남아시아에서는 바다 위에 성루처럼 집을 조립하여 거기서 바로 낚시를 하는 사람들이 있다고 한다. 하지만 일본 사람들은 이 마을처럼 '반해상 생활'을 하는 데가 있다는 걸 몹시 신기해한다. 학자들이 구경하러 올 정도다.

아버지를 비롯한 마을 사람들은 종종 의논을 했다.

"저렇게 신기해 하는데, 뱃집을 이용해서 관광객 좀 유치하면 어떨까?"

그렇지만 우리에게는 평범한 일상생활의 터전이기 때문에 그다지 마음에 와 닿지 않았다. 나는 관광객 따위 오거나 말거나 상관없다고 생각했다.

하지만 일기를 쓰기 시작한 것은 학자들이 이 마을과 뱃집을 귀중하고 신기하다고 말했기 때문이다. 나는 이 마을을 정말 좋아한다. 그래서 칭찬을 들으니 기뻤다. 내친 김에 뱃집에서의 생활을 매일 기록해야겠다고 마음먹었다. 얼마나 의미 있는 일인가?

우리 마을에는 밤에 놀 만한 장소가 없다. 하지만 일기를 쓸 시간이라면 얼마든지 있다. 글을 쓰는 건 고등학교를 졸업한 뒤로 처음이지만 꽤 즐겁다. 숙제도 아니고 누군가에게 보여줄 것도 아니니 편안하게 계속 쓸 수 있다. 날짜도 필요 없다. 오늘 다음이 내일. 언젠가 멈출 그날까지 그냥 계속 쓰면 된다. 자명한 일이다.

월   일

슈가 돌아왔다.

슈가 이 마을을 떠난 지 5년 만이다. 그동안 한 번도 얼굴을 보이지 않은 터다. 나는 가끔 '슈는 지금쯤 어떻게 지낼까?' 하고 생각하곤 했다. 어업을 마치고 항구로 돌아가기 위해 배를 조종할 때면 문득 그 녀석 생각이 났다. 그래서 직접 만나니 반가웠다.

밖에서 무슨 소리가 났다. 얼른 2층 창으로 내려다보니 슈가 은색 자동차에서 내려서고 있었다. 삶은 달걀처럼 매끈거리는 차. 이 일대에서는 찾아볼 수 없는 디자인이다. 슈는 옷차림만 화려해졌을 뿐 달라진 게 없다. 전혀 나이를 먹지 않았다.

나는 창으로 몸을 내밀고 "슈!" 하고 부르려다 관뒀다. 조수석에서 여자가 내렸기 때문이다. 피부가 뽀얗고 날씬했다. 이 동네에서는 절대 볼 수 없는 미인이다.

기가 죽어 있는데, 슈가 창가에 있는 나를 발견하고 밝은 목소리로 말을 걸었다.

"야, 오랜만이다. 애인은 생겼냐?"

그 말투도 여전했다.

슈는 마을을 떠나는 날에도 그랬다.

"너, 빨리 동정童貞을 버려. 네게 여자를 가르쳐주지 못한 것이 마음에 걸리네. 그럼, 잘 지내라."

"그것 말고는 할 말이 없냐?"라고 따지고 싶었지만 화도 나는데다가 왠지 기분이 묘해서 그저 묵묵히 배웅했다. 아주 옛날 일이다.

슈가 운전하는 하얀 세단이 구불구불한 길을 타고 멀어졌다. 잠시 후 입강 반대쪽 길에 아주 잠깐 나무 그늘을 달려가는 차체가 보였다. 그것뿐이다.

슈는 나한테 형뻘 되는 사람이다. 어릴 때부터 여러 가지를 가르쳐 주었다. 슈가 빌려준 야한 잡지는 내게 커다란 충격을 안겨주었다.

"슈도 이런 것 해봤어?"

물어보자 슈가 화를 내며 대답했다. "안 해봤어. 마리가 싫다고 하잖아. 아, 하고 싶어!"

슈는 마을에서 제일 예쁜 마리와 사귀는 주제에 항상 불만투성이였다. 마리가 다케하시 양조장의 아들과 결혼했다는 것을 슈도 알고 있을까? 알아도 그냥 "흥" 하고 말 것이다.

슈가 데려온 여자는 그만큼 예뻤다.

슈는 여자와 나란히 도로 위에 서서 나를 올려다보았다. 갑자기 얼굴이 달아오르는 것 같았다.

"아직."

이런 좁은 마을에서는 여자와 가볍게 사귈 수가 없다.

슈는 "캬캬"거리며 데리고 온 여자와 함께 옆집 안으로 들어갔다.

마치 치매에 걸린 늙은 개가 짖는 소리 같은 웃음소리였다.

월 일

어업을 마친 후 뱃집 2층에서 잠깐 눈을 붙였다. 어머니
가 점심 먹으라며 부르러 와서 본가로 가 국수를 먹었다.

"옆집 사와 씨네 아들 슈가 왔다더라. 아냐?"

어머니가 물었다.

"알아요."

"아주 화려한 여자를 데리고 왔다더라. 그래서 옆집엔 어
제부터 난리가 났단다. 오전에는 사와 씨네 할머니가 우리
집으로 피난 와서 한참 푸념을 늘어놓다 가셨어."

그녀는 화사하긴 하지만 화려하지는 않은데.

"난리라니, 왜요?"

"그야, 애. 여기 생활에 어울리지 않을 것 같은 사람을 데
려왔으니 그렇지. 슈는 장남이잖아."

슈, 정말 그 예쁜 사람과 결혼할 생각인가? 나는 좀 놀랐
다. 그리고 이곳 어른들에게도 놀랐다. 아직도 슈가 언젠가
이 마을에 정착할 거라고 믿고 있다니.

슈는 이곳이 싫어서 떠났다. 이번에도 색시 될 사람을 소
개하려고 잠깐 들른 것뿐이다.

내게는 여유롭고 아름다운 곳이지만, 슈한테는 지루하고
지긋지긋한 활어초 같은 곳이다.

그때까지 묵묵히 국수를 먹고 있던 아버지가 텔레비전을 켰다. 정오 뉴스가 나왔다. 목성 기지에서 귀환한 우주비행사가 인터뷰를 하고 있었다. 기지에서 1년간의 임무를 마치고 지구에 돌아오니 20년이 지났다고 한다. 현재 항행 기술로는 어쩔 수 없는 것 같다.

"시내 풍경이 많이 바뀌었네요."

우주비행사가 말했다. "차 디자인도 그렇고. 내가 지구를 떠날 당시엔 각진 게 유행이었는데 지금은 온통 둥근 것뿐이네요. 깜짝 놀랐습니다."

"우리 동네는 20년 전이나 지금이나 마찬가진데."

텔레비전을 보고 있던 아버지가 말했다.

입강의 풍경은 100년 전부터 달라지지 않았을 것이다. 100년 후는 어떨까 생각하다가 그만두었다. 어차피 나는 살아 있지 않을 테니까.

"아, 그렇지. 시골에 다녀왔는데 그곳은 별로 변하지 않았더군요."

우주비행사가 말을 계속했다. "……어머니는 돌아가셨지만."

"딱하네."

어머니가 말했다.

"이 일을 선택한 시점에서 각오는 하고 있었으니까요."

우주비행사가 말했다.

텔레비전 안과 밖에서 동시에 대화가 성립되고 있다는 게 우스웠다.

우주비행사는 행성 개척이 인류에게 얼마나 중요한지 설명했다. 지구에 큰 기상 변동이 일어나 생물이 살 수 없는 환경으로 변했을 때, 우주는 모두 피난할 수 있는 유일한 장소라는 말 같았다.

하지만 다른 부분은 거의 알아들을 수 없었다.

옆집 슈네 집에서 엄청난 고함소리와 물건 깨지는 소리가 울려 퍼졌기 때문이다.

"너는 이 여자에게 속은 거야!"

"카메는 그런 여자가 아니라고 했잖아욧! 죽여 버릴 거야, 이 빌어먹을 영감탱이!"

어머니가 텔레비전 소리를 키우면서 중얼거렸다.

"아이구, 큰일 났네."

그 여자의 이름이 '카메'인가? 안 어울리네.

"뭔가 발표가 있다는데?"

아버지가 젓가락으로 텔레비전을 가리켰다.

화면에 〈긴급 속보〉라는 자막이 떴다.

〈내일 정오, 정부에서 국민들에게 중대 발표가 있을 듯. 텔레비전이나 라디오를 켜놓도록 하십시오.〉

"뭘까요?"

"뭐지?"

서로 머리를 맞대보았지만, 내일이 되지 않으면 알 수 없는 일이다.

"연금 인상이네니 세금 인상이네 하는 거 아닐까?"

"형한테 전화해볼까? 뭐 좀 알는지도."

아버지의 말에 어머니가 대답했다.

뭔가 불길한 예감이 든다. 면사무소에서 일하는 형은 알 턱도 없을 만큼 중대한 발표가 아닐까.

그러는 동안에도 슈와 그의 아버지와의 싸움은 수그러들 지 않았다. 쿵쾅쿵쾅 난리도 아니다.

그물을 수선하기 위해 본가에서 나와 뱃집으로 돌아왔다. 그 여자가 슈네 집 앞에 혼자 서 있는 게 보였다. 심심한 모양이다.

"안녕하세요?"

그녀가 먼저 인사를 건넸다. 나는 가볍게 고개를 숙였다.

배에서 그물을 가져와서 길바닥에 앉았다. 그녀는 어지간 히 따분했던지 내 곁으로 가까이 다가와 쭈그리고 앉았다.

카메 씨, 마음속으로 불러보았다.

"카메 오카닷코라고 해요. 잘 부탁해요."

그녀가 오른손을 내밀며 말했다. 역시, 이 사람이 카메 씨 맞구나. 허둥지둥 셔츠에 손바닥을 닦은 후 악수했다.

가까이서 보니 나이가 많은 것 같다. 슈보다 연상일 것이다. 물론 아름답긴 했다. 태도는 몹시 침착했고, 은은하고 좋은 향기가 났다. 물에 설탕을 옅게 탄 듯한 냄새, 난초와 비슷한 향기.

나는 카메 씨의 얼굴을 똑바로 보지 못하고, 그물코를 꿰매는 일에 집중하는 척했다.

"슈와 어릴 때부터 친구라고요?"

"그렇습니다."

"슈는 어떤 아이였어요?"

"여자들한테 인기가 많았어요."

대답해놓고 이런 말을 하면 안 되는 건가, 생각했다. 하지만 카메 씨는 별로 개의치 않았다.

"알아요."

"슈는 데려가고 싶은 매력이 있어요."

'따라가다'가 아니라 '데려가다'라니? 이건 뭐지? 좀 이상하다.

"어디로 말인가요?"

카메 씨는 거기엔 대답하지 않고 이렇게 물었다.

"내 직업, 뭘로 보여요?"

카메 씨는 노동과는 거리가 먼 사람으로 보인다. 적어도 어부로는 보이지 않으니까.

"수족관 돌고래 조련사."

적당히 둘러서 대답했다. 카메 씨가 웃었다.

"땡. 도쿄 교외에 있는 연구소에서 단백질에 대해 연구를 해요. 병의 원인을 밝혀내는 거. 평범하지만 최첨단 연구죠."

"굉장하시네요."

내가 말했다.

"굉장하죠. 나 이래봬도 주임 연구원이니까."

카메 씨가 농담처럼 말했다.

최첨단 연구를 하는 카메 씨와 슈는 연구소 복도에서 만났다고 한다.

"연구소엔 근무하는 인원이 아주 많아요. 장사꾼들이 복도에 날마다 좌판을 펴놓고 있을 정도로요. 채소며 잡화며 핸드백, 온갖 것들을 복도에 펼쳐놓고 팔죠."

슈는 수도 용품을 팔러 연구소에 왔다고 한다.

"마침 아파트 수도꼭지가 고장 났어요. 나는 모처럼 일찍 퇴근하는 날이었고, 슈도 일찍 가게를 접는 날이어서 그대로 데리고 갔어요. 물론 출장 수리는 업무 외의 일이죠. 슈는 단지 수도꼭지나 고무 패킹, 철수세미 같은 걸 팔았으니까. 하지만 저기……, 무슨 말인지 알죠?"

"데리고 가고 싶었다?"

내가 묻자, 카메 씨는 "맞아요, 맞아요" 하며 웃었다.

슈의 고함소리가 바깥까지 들려온다. 카메 씨는 몸을 구부린 채 도로와 본가에 등을 돌렸다. 카메 씨는 뱃집을 바라보고, 뱃집에 세워둔 내 배를 바라보고, 절벽에 부딪치는 입강의 잔물결을 바라보았다.

"좋은 곳이네요."

카메 씨가 말했다. "오길 잘했어요. 슈가 태어난 곳을 보고 싶었거든요."

고요한 입강은 녹색으로 넘쳐났다. 이곳은 변함이 없다. 하지만 변함이 없다고 생각하는 것은 여기 사는 우리뿐일지도 모른다. 5년 만에 돌아온 슈와 처음 이 마을에 온 카메 씨에게 이 풍경은 신기하기만 할 것이다.

불현듯 목성에 가 있는 사이 20년이 흘렀더라는 우주비행사의 말이 생각났다.

"슈하고 결혼할 건가요?"

"네."

"슈하고 여기서 살아요?"

"설마요."

카메 씨가 내 얼굴을 들여다보았다. "나는 슈를 데려갈 거예요."

"어디로요?"

한 번 더 물었다. 슈의 집에서 또 파열음이 났다.

"멀고 먼 곳으로. 굴레와 중력이 쫓아오지 않는 넓고 캄캄한 곳으로."

여기보다 좋은 곳일 거라는 생각은 전혀 들지 않는다. 나는 처음으로 카메 씨와 똑바로 눈을 마주쳤다. 카메 씨는 차가울 정도로 결의에 찬 표정을 지었다.

슈네 현관 미닫이문이 대단한 기세로 벌컥 열렸다. 슈가 "카메!" 하고 부르며 길을 건너 우리 쪽으로 왔다.

"미안해. 아버지 일은 신경 쓰지 않아도 돼."

나는 슈가 여자에게 그렇게 저자세로 나오는 걸 처음 보았다. "괜찮아." 카메 씨가 대답하며 일어섰다. 그리고 나를 돌아보며 말했다.

"내일 낮에 배 좀 태워줄래요? 한번 타보고 싶었어요."

나는 얼른 대답하지 못했다. 슈의 태도와 카메 씨가 그 전에 보인 표정에 정신을 빼앗기고 있었기 때문이다.

카메 씨가 걱정스러운 듯이 말했다.

"아, 혹시 여자는 배를 타면 안 되나요?"

나는 슈한테 머리를 한 방 쥐어 박히고야 비로소 제정신으로 돌아왔다.

"괜찮아요. 하지만 텔레비전에서 내일 낮에 뭔가 중대 발표를 한다고 그러던데."

슈네 집은 난리를 치느라 속보 자막을 놓쳤을지도 모른다고 생각했다.

슈와 카메 씨는 무슨 말인가 하고 싶은 듯 서로 얼굴을 마주 보았다. 슈는 어딘지 어색해 보인다. 카메 씨가 부드럽게 물었다.

"배에는 라디오 없어요?"

"있습니다."

나는 내 배에 라디오가 있다는 것을 거의 의식한 적이 없다. "잊고 지냈어요. 기상정보가 필요할 만큼 먼 바다에 나가지 않거든요. 바다에선 언제나 파도 소리만 들으니까요."

"그게 좋아요."

카메 씨는 다시 입강으로 시선을 보내면서 말했다. "어차피 어떻게 할 수 없는 일이에요. 파도 소리를 듣는 편이 훨씬 나아요."

슈는 "산책이나 하자. 마을을 안내할게" 하고 카메 씨와
함께 걸어갔다.

"그럼 내일 보자" 하고 슈가 나를 돌아보며 말했다.

"그래. 내일 보자."

내가 대답했다.

파도는 오늘밤도 평온하다. 짧게 쓸 생각이었는데 이렇게
길어지고 말았다. 내일도 고기잡이를 나가야 한다. 빨리 잠
자는 게 상책이다.

카메 씨는 슈를 어디로 데려갈 생각일까. 왠지 걱정이
된다.

월 일

온 마을이 시끄럽다. 우리 마을뿐 아니라 아마 전 세계가
시끄러울 것이다.

하지만 나는 중대 발표를 듣지 못했다. 바다에 있었기 때
문이다.

용궁호는 슈와 카메 씨와 나를 태우고 천천히 입강을 돌
았다.

뱃머리에 앉은 슈와 카메 씨는 비말이 섞인 바닷바람에

환성을 질렀다. 카메 씨가 불쾌해하면 안 되기 때문에 아침에 고기잡이가 끝난 후 용궁호 갑판을 바닷물로 깨끗이 씻었다. 카메 씨가 타자, 용궁호는 어선이 아니라 하얗고 우아한 요트처럼 보였다. 비린내를 씻어내길 잘했다.

슈는 카메 씨 옆에 서서 배에서 보이는 풍경을 설명한다. 슈의 균형 감각은 녹슬지 않았다. 고등학교를 졸업할 때까지 매일 아침 고기잡이를 나갔던 실력이 남아 있다.

"저 섬은 뭐라고 해?"

카메 씨가 입강 끝에 있는 작은 녹색 섬을 가리켰다.

"아오시마(靑島). 이 마을의 수호신을 모시고 있어. 여자밖에 상륙하질 못해. 맞지?"

슈가 소리치는 바람에 뒤돌아보았다. 엔진 소리에 지지 않을 만큼 우렁찬 소리다. 나는 아오시마 옆을 빠져나가 입강 밖을 향해 키를 꺾으며 같이 소리쳤다.

"맞아."

"왜 여자만이야?"

카메 씨가 스쳐가는 아오시마를 바라보며 물었다. 아오시마는 밥그릇을 엎어놓은 모양으로 생겼다. 꼭대기의 큰 나무에 꽂힌 흰색 후키나가시(여러 개의 조붓하고 긴 헝겊을 반달 모양의 고리에 매어 장대 끝에 달아 바람에 나부끼게 한 것—옮긴이)가 바람에 살랑거렸다.

한 해에 한 번, 마을에서는 바다의 신 축제가 열린다. 축제날 밤, 마을 여자들이 아오시마에 건너가서 후키나가시를 바꿔 꽂는다. 어째서 여자들이 나무 위에 후키나가시를 꽂는지는 모른다. 그날 밤, 남자들은 집 안에 틀어박혀 있어야 한다. 절대 아오시마를 보면 안 된다. 아오시마에서 여자들이 하는 신사神事에 남자가 호기심을 가지면 바다가 성을 낸다고 하기 때문이다.

나는 카메 씨에게 그런 내력을 설명했다.

슈는 "바다의 신이 남자여서겠지. 아닌가? 바다는 여자의 집이기 때문인가?" 하고 말했다.

입강을 다 빠져 나왔을 즈음에 배를 세웠다. 복잡하게 얽힌 해안선과 수평선을 한눈에 볼 수 있는 위치다.

나는 미끼 그물을 던질 준비를 하고, 기점 표시로 부표를 띄웠다.

"너무 예뻐요. 이 바다 어딘가에 용궁이 있다 해도 이상하지 않겠어요."

카메 씨가 떨리는 목소리로 말했다.

카메 씨는 낡고 작은 배의 뱃머리에 서서 전방을 가리켰다. 작은 배는 카메 씨가 가리키는 대로 해면 위를 스르륵 미끄러져갔다. 슈는 카메 씨의 발치에 마치 냉동 보존된 생선처럼 꼼짝 않고 누워 있다.

다시 용궁호를 출발시키고 바다에 그물을 하나하나 던졌다. 슈가 도와주어서 평소보다 작업이 수월했다.

"물고기를 잡는 일은 정말 힘드네요. 이 그물을 내일 아침 거둬들이는 거예요?"

카메 씨가 그물에 다가서려다 멈칫했다. "위험하니까 좀 물러나 있지" 하고 슈가 말했기 때문이다.

작업을 마치고 우리는 바다 위에서 점심을 먹었다. 나는 배에 있는 활어조에서 오늘 아침 갓 잡은 물고기를 꺼냈다. 참돔 한 마리를 시장에 팔지 않고 챙겨둔 터였다. 그 자리에서 손질해 회를 쳤다. 대가리로는 육수를 내서 휴대용 가스 난로로 된장국을 끓였다. 어머니가 만들어준 주먹밥도 같이 내놓았다.

카메 씨는 굉장히 좋아했다. 슈도 고맙다면서 주먹밥을 네 개나 먹었다.

배는 조용히 흔들렸다. 하늘에서 따뜻한 햇살이 쏟아졌다. 나는 무척 행복했다. 슈와 카메 씨도 그랬을 거라고 생각한다. 그랬으면 좋겠다.

배부르게 먹은 우리는 양동이며 밧줄 같은 걸 치우고 갑판에 나란히 누워 뒹굴었다. 태양은 아주 높이 떠 있다.

"맞다……! 라디오를 켤까?"

내가 말했다.

"필요 없어."

슈가 눈을 감은 채 대답했다. 뱃전에 기대어 파도 소리를 듣고 있는 모양이다.

사방이 고요하다. 바닷새의 울음소리도 들리지 않는다.

"나는 중대 발표 내용을 전부터 알고 있었어요."

이윽고 카메 씨가 말했다. 슈가 "카메" 하면서 나무라듯 소리를 높였지만, 카메 씨는 상관하지 않고 계속 말했다.

"3개월 후에 지구가 큰 운석과 충돌할지도 몰라요."

"예에? 정말요?"

나는 농담이라 생각하면서 반은 꾸벅꾸벅 졸며 물었다.

"탈출용 로켓을 순차적으로 화성과 목성에 쏘아 올릴 예정이라지만, 그래봤자 1000만 명 정도밖에 탈출할 수 없어요. 지구에 사는 사람 가운데서 겨우 1000만 명."

"화성은 벌써 만원이지 않을까요? 목성에 가서 뭘 해요? 목성에는 사람이 못 살잖아요."

"일부는 에우로파 기지와 목성 기지에 착륙해 살아갈 것이고……, 나머지는 궤도상을 돌 수밖에 없겠죠."

나는 눈을 떴다. 눈이 부셔서 손으로 해를 가렸다.

"언제까지요?"

"다행히 오차가 생겨서 지구가 운석과 충돌하지 않는다면 바로 돌아올 수 있어요."

"바로라니 20년 후에요?"

어제 본 우주비행사를 떠올렸다. 그는 이 사태를 알고 있었던 걸까? 몰랐다고 한다면 지구에 돌아온 것을 지금쯤 후회하고 있을지도 모른다.

"20년쯤이야 우주에서는 아주 잠깐에 지나지 않아요."

카메 씨가 웃었다. "하지만 만약 정말로 지구와 운석이 부딪친다면……. 분명 돌아오지 못하겠죠. 그 다음에 어떻게 할지는 아직 아무도 몰라요. 아마 우주에서 천천히 생각할 계획일 거예요."

이것은 대체 현실의 이야기인가? 나는 해를 가리고 있던 손을 내리고 다시 눈을 감았다.

"나는 타요."

카메 씨가 말했다. "슈도 같이."

옆에서 슈가 불편하다는 듯이 몸을 움직이는 기척이 났다.

"일정한 기준 이상의 업적을 올린 과학자는 우선적으로 목성에 갈 수 있어요. 반려자가 있고, 게다가 아이를 낳을 수 있는 연령이라면 최우선이죠."

"너도 로켓을 탈 수 있어. 정치가와 과학자를 먼저 태운후 나머지는 분명 일반 공모로 추첨을 하게 될걸. 경쟁률은엄청나겠지만 응모해 봐. 살아남을 확률이 조금은 높아질거야."

"그렇구나. 생각해볼게."

슈도 로켓을 탄다고 하는데 정말일까? 카메 씨는 우수한과학자일지 모르지만, 슈는 수도 설비업자다. 로켓에도 수도 설비업자가 필요하기야 하겠지만, 슈가 아니라도 상관없을 것이다.

카메 씨에게 반려자는 필요 없지 않을까? 이를테면 슈의정자를 동결시켜 로켓에 타면 되니까. 한 사람분 비는 자리에는 다른 우수한 과학자를 태울 수 있다.

1000만 명을 선별하여 지구에서 탈출하는 로켓에 태우려고 계획하는 사람들이라면 그렇게 하지 않을까?

과연 슈는 무사히 목성까지 따라갈 수 있을까?

의구심이 사라지지 않았지만 나는 그냥 잠자코 있었다.

혼란스러워서 생각을 제대로 할 수 없다.

운석이 부딪친다면 지구의 생물은 절멸할 것이다. 어릴적에 내가 무서워했던 쓰나미는 댈 것도 아니다. 이 바다도 녹색의 산도 전부 타버려서 형체가 없어진다. 그것이 3개월 후에 닥쳐온다고?

하지만 지구에서 도망친다고 해도 좁은 로켓을 타고 우주를 정처 없이 떠돌아다니게 될 것이다. 지구가 멸망하지 않을 가능성은 로켓에 탄 1000만 명에 뽑히는 것보다 낮은 확률이다. 그런 실낱같은 희망에 매달린 채 캄캄한 공간을 떠다녀야 하는 건가?

이런 류의 애니메이션이나 영화를 본 적이 있다. 대개 주인공이 대활약을 하여 위기를 막거나 우주에 적응한 인류가 은하 전쟁을 일으키는 내용. 혼돈스럽지만 그곳에는 반드시 미래가 있었다.

하지만 실제로 현실적인 종말이 3개월 앞으로 닥치면 어떻게 해야 좋을지 갈피를 잡기 힘들 것이다.

확신을 갖고 3개월 후의 자기 모습을 구체적으로 그릴 수 있는 사람이 몇이나 될까? 운석이 부딪치지 않더라도 그 전에 바다에서 폭풍우를 만나 죽을지도 모른다. 3개월 후에 죽는다는 걸 알고 있어도 그때까지는 생활을 계속하지 않으면 안 된다.

앞으로 또 공포와 절망이 엄습해올지도 모르지만, 내가 처음에 생각한 것은 그런 것이었다.

배는 요람처럼 파도가 치는 대로 기울었다.

눈을 떴다. 태양은 아까보다 훨씬 서쪽으로 치우쳐 있다. 부랴부랴 일어나 빨갛게 탄 코를 서로 바라보며 웃었다.

배를 입강으로 되돌렸다. 반나절 만에 땅바닥을 딛고 선 카메 씨는 비틀거리며, "아직 바다에 있는 것 같아요" 하고 또 웃었다.

슈와 카메 씨는 그대로 도쿄로 돌아갔다.

"성과야 없었지만, 어쨌든 아버지한테 인사는 했으니까."

슈가 말했다. 그리고 덧붙였다.

"이제 그만 동정 좀 버려라."

카메 씨가 옆에 있는데 창피하게. 상관없잖아, 그런 것. 그냥 내버려 두라고.

카메 씨가 은색 차에 올라타서 조수석 창을 내렸다.

"또 만날 수 있으면 좋겠네요."

카메 씨가 말했다.

"안녕히 가세요."

그걸로 끝이었다. 이별은 간단했다.

나는 본가에 들어가서 평소처럼 부모님과 저녁을 먹었다. 특별히 대화를 나누지도 않았다.

용궁호 위에서 들었던 것, 전부 꿈이었을지도 모른다.

운석이 내려온대. 운석이 떨어진대.

불안과 분노가 뒤섞인 속삭임이 조금 전까지 여기저기에서 들렸다. 길에 선 채로 수다를 떠는 아줌마들 사이에서, 집집마다 켜놓은 텔레비전에서.

하지만 지금은 고요만이 감돌고 있다.

어쩔 도리 없는 예측을 앞에 두고 일단은 평소대로 생활하기로 한 모양이다.

나도 이제 잔다. 나는 내일도 바다에 나가서 오늘 던져놓은 그물을 걷어 올릴 것이다.

슈와 카메 씨는 지금쯤 도쿄에 도착했을까. 한밤의 고속도로를 달리는 은색 달걀 같은 차.

이제 곧 세상이 끝난다는데, 입강은 오늘도 녹색이었다.

도 착 할 때 까 지

하치가쓰기

　어느 사무라이의 집에 아름답고 총명한 딸이 태어났다. 딸이 열세 살 되었을 때, 어머니가 병에 걸렸다. 어머니는 딸의 머리에 나무로 된 바리(鉢)를 씌워주고 죽었다. 그때부터 딸은 '하치가쓰기(바리를 쓴 아이라는 뜻—옮긴이)'라고 불렸다.

　아버지의 재혼 상대는 바리를 쓴 이상한 모습의 딸을 싫어했다. 아버지는 딸을 배에 태워 강에 떠내려 보냈다. 비관한 딸은 강에 몸을 던졌지만, 바리 덕분에 물에 가라앉지 않았다. 그리고 마침 지나가던 어부에게 구조되었다. 어부의 도움으로 목숨을 구한 딸은 성주의 집 불 당번으로 채용되었다.

　성주의 막내아들은 하치가쓰기가 마음에 들어 부모에게 결혼하게 해 달라고 졸랐다. 그러나 하치가쓰기가 마음에 들지 않은 어머니는 결혼을 막으려고 다른 아들의 색시와 '신부 비교하기'를 하자고 제안했다. 하치가쓰기를 웃음거리로 만들어 쫓아내려는 계획이었다.

　드디어 '신부 비교하기'를 하는 날 아침, 하치가쓰기의 머리에서 바리가 떨어졌다. 바리 속에는 아름다운 옷과 보석이 잔뜩 들어 있었다. 딸은 그 옷을 입고, 보석을 선물로 들고 '신부 비교하기'에 참석했다. 성주는 아름다운 하치가쓰기의 모습을 보고 기뻐하며 막내아들과의 결혼을 허락했다.

수고! 하는 소리에 가볍게 고개를 숙여 인사했다.

사무실에 모여 있던 아저씨들은 이내 내게서 시선을 돌려 오늘 매상이며 요즘 계속 게임이 취소되곤 하는 야구며 이상한 승객에 대한 이야기로 돌아간다.

지금 다니는 회사는 지내기가 아주 편하다. 자신의 재량껏 일할 수 있다. 벌이가 좋고 나쁜 건 누구의 탓도 아니다. 혼자 생각하고 혼자 행동하는 사람들뿐이어서 동료 간의 교류를 강요하는 법도 없다.

물론 아저씨들이 필요 이상으로 친한 척하지 않는 것은 내 존재에 당황했기 때문이기도 하다.

"부모님한테 돌아가지 않아도 되는 거야? 기사도 승객도 요즘은 많이 줄었구먼, 무리하지 않아도 돼."

어제 출고할 때 이 바닥 생활 30년인 베테랑 운전사가 말을 걸어왔다. 처음에는 멍청하게 그의 흰 머리를 바라보고 있었다. 무슨 말을 하는지 알 수 없었기 때문이다.

나는 한참 후에야 그가 걱정해서 하는 말이란 걸 깨닫고 대답했다.

"괜찮습니다. 부모님한테 전 죽은 거나 다름없어서요."

어째서 그렇게밖에 말하지 못했을까. 그는 어색한 표정으로 내 차에서 멀어져갔다.

고향에 돌아가지 않는 이유가 환영받지 못하기 때문만은 아니다.

솔직하게 말할 걸 그랬다. 마지막 순간까지 이 도시를 달리고 싶다고.

20시간에 걸친 운전을 마치고 날이 새기 전에 아파트로 돌아온다.

집에 돌아와도 특별히 할 일은 없다.

텔레비전을 보려 해도 어느 채널이나 죽어 있는 시간대. 하고 있는 프로그램이 있어도 어차피 '치유 영상'이나 '로켓 탑승자 당첨 번호 발표'뿐이다.

아무리 치유를 해줘도 정신의 거스러미는 점점 깊어질 뿐이고, 당첨될 리 없는 티켓에 응모할 만큼 살아남고 싶은 생각도 없다.

욕실에 들어가 관엽식물에 물을 준 후, 미즈와리를 한 잔 마시면서 컴퓨터 앞에 앉아 영업일지 대신 이 비망록을 쓴다. 이것만이 유일한 즐거움인 내 생활은 어쩌면 쓸쓸하고 지루할지도 모르겠다. 그러나 그것을 지적하는 사람도 없다.

아무도 이것을 읽지 않는다. 한숨 자고 일어나서 전날 밤에 일어난 사건을 관엽식물에게 읽어주기 위한 밑글 같은 것이다. 두서없이 줄줄 이어지는 자기만족.

식물은 말을 걸어주거나 노래를 불러주면 기뻐한다는 말을 들은 적이 있다. 녹색 잎을 활짝 펼친 이 화분도 어차피 재가 된다. 하지만 그것을 안다고 해서 지금까지의 습관을 갑자기 멈출 수 있을까?

식물은 아무것도 모른다. 마지막 한 순간까지 뿌리로 물을 빨아들이고 잎으로 빛을 받을 수밖에 없는 생물이니까. 식물을 불안하게 하고 싶진 않다. 그래서 매일 소리라는 이름의 공기의 진동을 식물에게 준다.

식물은 내 개인적인 기록을 양식으로 자란다.

오늘 영업 횟수는 18회, 매상은 4만 6200엔. 한산한 도시 중심부를 도는 것치곤 무난한 셈이다.

이제 와서 수입을 따지는 건 별로 의미가 없다. 앞으로 2개월 안에 모든 것이 끝나버릴지도 모르는데, 돈 벌기에 열 올리는 사람은 거의 없다. 회사도 동료도 나도,

"어딘가로 가고 싶은 사람이 있는 한 우리는 달린다"라고 생각하기 때문에 영업을 계속할 뿐이다.

운전을 하다보면 사람의 흐름이 보인다.

예전보다 일찍 귀가하는 샐러리맨이 늘었다. 가족과 함께 보내는 시간을 조금이라도 더 많이 갖길 원하는 것이다. 반대로 심야까지 번화가를 누비는 사람들도 많아졌다.

종말에 직면하면 사람은 두 종류로 나뉜다. 즉, 지금까지 해오던 대로 일상을 유지하는 사람과 마음껏 좋아하는 일을 하며 불꽃처럼 흩어지려는 사람.

흩어지려면 멋대로 흩어져라. 위험하기 짝이 없어서 운전석에는 항상 전기충격총을 놓아둔다.

오늘 밤은 조금 색다른 손님을 태웠다. 그래서 문장에도 힘이 들어간다. 운전하며 나눈 대화도 녹음했으니 다시 들으면서 제대로 정리해서, 나중에 식물에게 보고해주어야지.

8평 남짓한 원룸에서 오늘도 식물과 나는 서로 의지하듯이 보낸다.

그 사람은 긴자에서 탔다.

슬슬 마지막 전철이 지나갈 시간. 그는 쓰키야바시 네거리에서 하루미 거리를 지나가는 택시를 향해 손을 들고 있었다.

긴자에는 승차 금지 구간이 있어서 이런저런 규칙들이 까다롭다. 하지만 택시도 손님도 줄어든 지금은 규칙 같은 건 없는 거나 마찬가지다.

택시 몇 대가 그 사람의 존재를 미처 보지 못하고 지나갔다. 아마 네온이 꺼지기 시작한 거리의 불빛 속에서 그녀의 모습이 잘 보이지 않았기 때문일 것이다.

'그녀'라고 했지만, 실제로는 그 사람이 승차하여 입을 열 때까지 성별을 알 수 없었다. 챙이 큰 검은색 모자를 깊숙이 눌러쓰고 몸의 라인이 뚜렷하지 않은 검은색 긴 코트를 입고 있었기 때문이다. 그런 코트를 입기에는 아직 이른 계절이다.

그러나 무엇보다 특징적이었던 것은 얼굴의 반을 비스듬히 가리는 형태로 하얀 붕대를 둘둘 감고 있다는 사실.

어쩌면 그냥 지나가버린 내 앞의 택시들은 그 사람의 괴상한 모습에 겁을 먹고 무언의 승차거부를 한 건지도 모른다. 뒷자리에 앉은 그 사람을 보고 나 역시 조금은 놀랐다.

"어디까지?" 묻는 것보다 빨리 그 사람이 말했다.

"아오바다이까지 부탁해요."

살짝 쉰 듯 하면서도 달콤한 목소리였다. 여자라고 확신했다.

가야 할 곳이 있다면 그곳까지 데려다준다. 그것이 내 직업이다.

"예" 하고 대답하고 나서 차를 출발시켰다. 미터기를 작동시킨다.

"고속도로를 타도 괜찮겠습니까?"

그녀는 내 목소리를 듣고 조수석 너머의 앞유리 밖으로 흘끗 시선을 던졌다.

"밀리지는 않나요?"

"사고만 없으면요. 이 시간대에는 괜찮습니다. 최근에는 상행선도 하행선도 교통정체와는 무관하긴 합니다만."

"사람이 적어졌군요. 모두 어디로 간 거지?"

그녀는 검은 악어 핸드백에서 담배를 꺼냈다. "피워도 되죠?"

"아, 예."

"고속도로를 타줘요. 나 거기 오렌지 빛 참 좋아해요."

그녀는 수동으로 창을 조금 내렸다.

히비야를 빠져나가 가스미가세키에서 수도고속도로를
탔다. 보이는 범위에서는 차는 전방에 두 대, 후방에 한 대
밖에 없었다. 백미러로 넌지시 그녀의 모습을 살폈다.

그녀는 담배 한 개비를 다 피우더니, 차 문에 몸을 맡기듯
이 기대고 묵묵히 창밖을 바라보았다. 모자의 챙이 유리에
눌려 찌부러졌다.

얼굴의 오른쪽 반은 뺨 아래까지 붕대로 덮여 있다. 보이
는 것은 왼쪽 눈썹과 눈과 뺨, 코 아랫부분, 입술, 턱이다.

왼쪽 눈은 선명한 유선형을 그리고, 그 안에 유리처럼 빛
을 연주하는 촉촉한 안구가 박혀 있다. 눈동자는 밤이 비친
것처럼· 순수한 검은색이다. 피부는 매끄럽고 턱은 갸름하
고, 하여간 황홀할 만큼 반듯하게 생긴 사람이다.

세상은 불공평하다.

한숨을 삼키며 운전에 정신을 집중시켰다.

로켓 타는 사람을 선정하는 방식에 의문을 품는 사람들
이 있다. 신경질적으로 소리를 지르는 사람들을 텔레비전
에서 보고 참 이상하다고 생각했다. 이제 와서 뭘 어쩌라고.
세상에는 뽑히는 자와 뽑히지 않는 자가 존재한다는 사실
을 운석이 접근할 때까지 깨닫지 못했단 말인가?

나는 무슨 일에든 뽑힌 적이 없지만, 그게 좋은 점도 있다.

포기가 빨라지고 쓸데없는 기대를 하지 않게 된다.

잔잔한 입강처럼 온화한 기분으로 절망이나 기쁨과 무관하게 살아갈 수 있다.

행복한가 아닌가 하는 것은 별개의 문제다.

그녀는 뒷자리에 줄곧 말없이 앉아 있더니 다마강을 건넜을 즈음에야 불쑥 중얼거렸다.

"이 강에는 좋은 추억이 없어. 그저 강 건너의 불빛만 바라볼 뿐이었지. 이 강가에 살았던 것도 벌써 아주 옛날이야기네."

혼잣말인 것 같아 맞장구를 치지 않았다. 손님들은 사소한 일로 화를 내거나 기뻐하거나 해서 대처하기 여간 어려운 게 아니다.

"저기요, 기사님도 강에 대한 추억이 있나요?"

내 판단은 잘못이었던 것 같다. 출구가 요코하마아오바였던가, 이런 생각을 하고 있다가 조금 당황했다.

"추억이요……?"

점심시간에 젓가락질하는 것보다 더 빨리 먼 기억을 열심히 뒤졌다. "어릴 적에 상자에 든 강아지를 강에 떠내려 보낸 적이 있어요. 이 강은 아니지만."

"왜요?"

"흔한 이유였죠. 길에서 주워가지고 돌아왔지만, '못 키워!' 하고 엄마한테 혼나서."

"어머나, 가엾어라."

"어느 쪽이오?"

"당신도 강아지도 둘 다요. 강아지는 어느 강가에 도착했을까요? 아니면 바다까지 떠내려갔을까요?"

"분명 도중에 가라앉았을 거예요. 요코하마아오바에서 내려가면 되나요?"

"예."

그녀는 짧게 대답하고, 또 한참 입을 다물고 있었다.

다음에 그녀가 "저기요"라고 말한 것은 내가 요코하마아오바 출구에서 고속도로 요금을 지불할 때였다. 요즘은 세상이 어수선할 때라 어느 게이트에도 징수원이 없다. 우편함 같은 기계에 돈을 넣는다.

"기사님. 나 지금 이 코트 아래는 알몸이에요."

하마터면 기계가 토해내는 잔돈을 떨어뜨릴 뻔했다. 그녀는 시시해하며 말했다.

"별로 놀라지 않네."

미인계를 써서 요금을 떼어먹으려는 여자 손님이 있다는 동료의 이야기를 들은 적이 있다. 이거 혹시 그런 경우? 나는 슬며시 IC 녹음기의 녹음 단추를 눌렀다.

"기사님도 같은 여자라 그런가? 손님 코트 아래가 알몸이라는데도 별로 기쁘지 않나 보네요."

"기쁘고 기쁘지 않고보다 어째서 알몸인지가 걱정되네요. 자, 어디로 가면 됩니까?"

"역 반대쪽. 언덕 주택가 쪽으로."

그녀는 또 창을 조금 열고 담배를 피우기 시작했다. "기사님은 어째서 이런 시간에 일을 하세요? 심야에 일하는 여자 운전사는 처음 봤어요."

"일손이 부족해서요."

사실은 밤거리를 달리는 것을 좋아해서다. 기사 수가 준 것을 기회삼아 되도록 밤 시간을 할당받고 있다.

"당신, 로켓에는 타요?"

"설마요. 경쟁률이 엄청났잖아요. 요즘 많답니다. '어디까지 모실까요?' 물으면, '목성까지요' 하는 손님. 대부분 곤드레만드레 취해 있죠."

"차로 다른 별에 갈 수 있다면 운전사들은 옛날에 갔겠죠."

그녀가 웃었다.

"손님은 티켓에 당첨됐나요?"

"난 아무 데도 갈 생각이 없어요."

아주 결연한 어조였다. 분명 소중한 것이 있을 것이다. 어디에 있는지는 모른다. 지금 돌아가는 그녀의 집인가, 그녀의 기억 속인가? 버릴 수 없는, 두고 갈 수 없는 소중한 것이 그녀를 이 지상에 붙들어두고 있을 것이다.

"나도 그래요."

내가 말했다.

바깥은 캄캄한 어둠. 가로등도 신호등도 거의 켜져 있지 않다. 깨진 건지 전력 공급이 멈춘 건지, 요즘 교외는 어디나 이런 식이다. 불이 켜진 집도 별로 없다.

헤드라이트가 뿌연 안개 속에 농도 짙은 어둠을 가른다. 엔진 소리만이 짐승의 신음 소리처럼 울린다.

대개 여성 손님은 아무리 취해 있어도 가끔씩 눈을 떠 주위의 풍경을 확인한다. 하지만 그녀는 달랐다. 역까지 가는 동안 줄곧 문에 몸을 기댄 채 눈을 꼭 감고 있다. 얇은 눈꺼풀이 데운 우유에 생긴 막처럼 떨리고 있었다.

역 뒤쪽으로 나왔을 즈음에 "손님" 하고 불렀다.

"이제부터 어떻게 할까요?"

그녀는 입술만 달싹거리며 요염한 분위기로 반문했다.

"우리가 이제부터 어떻게 할 거냐고요?"

"길을 어떻게 갈까 묻는 겁니다."

"아아, 그런 건 적당히 가세요. 어느 언덕을 올라가도 좋으니까 언덕으로 가요."

맑게 갠 일요일 오후에 가볍게 소풍이라도 가는 것 같은 말투였다.

차는 주택가 안을 달렸다. 생물의 기척이라곤 없었다. 세계는 이미 옛날에 끝나버렸는지도 모르겠다는 생각이 들 정도로.

그녀가 백을 부스럭거렸다. 슬슬 목적지인가 하고 언제라도 세울 수 있도록 준비했지만, 결국 또 담배를 꺼낼 뿐이었다. 그녀의 집은 어디일까? 주위에는 온통 단독주택이다. 어느 창에도 어느 문에도 불을 켜놓고 누군가를 기다리는 기척은 없다.

"나는요, 오늘 택시를 타면 수다를 떨고 싶었어요."

그녀가 세 개비 째의 담배에 불을 붙이면서 말했다.

"마침 세워준 게 당신 차였고, 운전사가 당신이었어요. 다행이에요."

"다음 사거리에서는 어느 쪽으로?"

"길에 대해서만 신경 쓰는군요."

"택시니까요."

"이 차는 택시지만, 당신은 택시가 아니잖아요. 좋아요, 사거리가 나오면 무조건 우회전해주세요."

돈은 있는지 불안해졌다. 여기까지 와서 무임승차라면 곤란하다. 요즘은 회사에서 수입이 적다고 불평하진 않지만, 습관적으로나 직업의식으로나 역시 운임은 정확히 회수하고 싶었다.

그녀는 내 마음을 꿰뚫어본 것처럼 말했다.

"걱정 마세요, 돈은 있어요."

장애물에 부딪히면 방향을 바꾸는 태엽 감긴 장난감처럼 차는 주택가 안을 정처 없이 달렸다.

"이 아래 알몸이라고 했잖아요."

그녀가 검은 코트 자락을 잡았다. "에스테틱에 다니고 있어서예요. 기사님은 에스테틱에 가본 적 있어요?"

"없는데요."

"어머나, 정말 기분 좋아요. 한번 가보세요. 바다 냄새 나는 진흙으로 범벅을 한 몸을 엄청나게 큰 조명으로 비춰주기도 하고요. 온몸에 오일을 바르고 예쁜 아가씨가 마사지도 해줘요."

"오."

"그런데요, 옷을 입고 벗는 게 귀찮아서 처음부터 알몸으로 가요."

이런 상황에서도 에스테틱이 영업을 하고 있다는 것도 놀랍지만, 거길 다니는 사람이 아직 있다는 것도 신기했다. 하지만 뭐 이런 상황에서도 택시 운전을 하는 거나 마찬가지 겠지.

"그리고 성형도 했어요."

그녀가 말했다. 엉겹결에 백미러로 그녀의 얼굴을 확인했다.

"할 필요가 없어 보이는데요?"

그녀가 웃었다.

"아니에요, 이건 완성형이에요."

얼굴의 왼쪽 반을 가리키고, 이어서 같은 손으로 붕대로 감싼 오른쪽 반을 조심스레 만진다. "이쪽은 성형 중."

"아, 그렇군요."

정말일까? 보통은 부위별로 수술을 할 텐데. 얼굴을 세로로 분할하여 왼쪽, 오른쪽으로 성형하다니 있을 수 없는 일이라는 생각이 든다.

"원래 얼굴도 그리 못생기진 않았지만요."

그녀가 담배를 비벼 껐다. "저기요, 이제 곧 죽을지도 모르는데 성형을 하다니 한심하다고 생각하죠?"

"아뇨."

"고마워요."

그녀가 조그맣게 말했다. "당신은 그렇게 말해줄 것 같았어요."

도깨비불 같은 빨간색이 전방의 어둠 속에 떠올랐다. 이 신호는 아직 살아 있다. 우회전 깜빡이를 넣고 아무도 없는 사거리에서 신호를 기다렸다.

차 안에 어색한 침묵이 가득 찼다. 쇳덩어리 속에서 질식할 것 같다.

"어째서냐고 안 물어요?"

그녀가 물었다.

"뭐가요?"

"어째서 성형했는지 안 묻냐고요. 내 주변 사람들은 전부 어째선지 알고 싶어 했어요. 부모도 회사 동료도."

"자기 몸을."

기어를 드라이브에 넣고 천천히 우측으로 돈다. "자기 마음이 편하도록 다시 만드는데 어째서 이유가 필요한지 모르겠네요. 성형과 조깅으로 몸을 단련하고 썩은 맹장을 잘라내는 것과 어디가 다른 거죠?"

주택가 안을 한 차례 돌고 나니 현재 위치가 가나가와 현인지 도쿄 교외인지 도통 알 수가 없었다. 전방은 주택가를 조성하고 남은 경사진 들판이었다. 뭔가 반짝반짝 빛나는 것이 있어, 처음에는 언덕 아래 마을의 불빛인가 생각했더니 그렇지가 않았다. 그것은 풀잎에 내려앉은 밤이슬에 반사된 별빛이었다.

"저기 세우고, 잠깐 기다리세요."

그녀는 그렇게 말하며 차에서 내렸다.

"티슈 있어요?"

나는 미터기는 그대로 두고 운전석 창을 열었다. 조수석에 던져둔 휴대용 티슈를 그녀에게 건넸다. 그녀는 철조망 틈을 빠져나갔다. 풀을 헤치고 들판 한가운데에 쭈그리고 앉았다.

기묘하게 생긴 닭벼슬 같은 검은 모자가 풀 사이로 보였다.

잠시 후 그녀가 돌아오더니 다시 뒷자리에 앉았다.

"팬티도 안 입었어요?"

물어보았다. "완전히 알몸?"

"그래요."

둘이서 웃었다. 차는 갈라지는 길이 나올 때마다 우회전을 했다.

"기사님이 말한 대로네요."

그녀가 집들을 조사하듯이 창밖을 말끄러미 바라보면서 중얼거렸다.

"어째서냐고 물어도 나는 그들을 만족시킬 만한 설명을 할 수가 없었어요. 어차피 죽을 거라면 내가 만족하는 외모로 죽고 싶다고 생각했을 뿐이거든요."

"그것이 당신이 이상으로 그리던 얼굴인가요?"

"기사님의 취향은 아니에요?"

"아뇨, 예뻐요."

"내 친구였던 아이 얼굴과 닮게 해달라고 했어요."

"배우처럼 생겼나보군요."

"그러게요. 배우도 될 수 있었겠죠. 그런데 되지 못했어요. 그 아이는 아무것도 되지 않았어요. 어른이 되고 싶지 않았던 거죠."

그녀는 아득히 먼 아픔의 소재를 찾듯이 또 눈을 감아버렸다. "이제 그만 내려야지."

그녀는 정말로 친구 이야기를 한 것일까. 내가 듣기엔 그녀 자신의 이야기 같다.

그리고 세 번 우회전을 했을 때, 그녀가 처음으로 길을 지시했다.

"다음 모퉁이에서 좌회전요."

한참 집과 집 사이로 난 좁은 길을 전진하다가, "여기서 됐어요" 하여 차를 세웠다.

어디에나 있을 법한 하얀 외벽의 작은 건매주택建賣住宅 (선시공 후분양 방식의 주택—옮긴이). 문 옆에 놓인 화분의 팬지는 시들어 있다.

요금은 18,740엔이었다. 그녀는 구김 하나 없는 1만 엔짜리 지폐 두 장을 주며 "거스름돈은 필요 없어요" 하고 말했다. 그리고 왼쪽 얼굴로만 미소 지으며 덧붙였다.

"한 주에 두 번 정도는 오늘과 같은 시간, 같은 장소에 서 있어요. 또 만났으면 좋겠네요."

나는 회사 전화번호와 차량 번호가 적힌 명함 사이즈 카드가 있긴 했지만, 건네지 않았다. 이제 만날 일이 없을 거란 걸 그녀도 나도 알고 있기 때문이다.

"편히 쉬세요."

말하고 레버를 당겨 뒷문을 열어주었다.

살짝 걱정이 되어 차를 출발시킨 후에도 백미러로 그녀의 모습을 지켜보았다. 그녀가 대문 앞에 구부리고 앉더니 팬지 화분을 안았다. 그리고 익숙하게 그 화분으로 현관 옆 창문을 깼다.

유리 깨지는 소리가 났지만 아무도 일어나서 나오지 않았다. 불을 켜고 바깥을 내다보는 사람도 없다.

큰길 쪽으로 핸들을 꺾었다. 마지막으로 본 것은 창문을 통해 아무도 없는 집으로 들어가려고 허공에 떠 있는 그녀의 가늘고 하얀 발목이었다.

언덕을 내려가는 도중에 초라한 차림의 남자가 이쪽을 향해 손짓을 했다. 남자는 마침 나무가 무성한 어떤 시설에서 큰길로 나온 참으로, 팔에는 활짝 핀 벚꽃 가지를 안고 있었다.

업계의 규율 따위 있으나마나 한 게 되어버렸지만, 그래도 운행 구역에 관한 협정이 마음에 걸린다. 차를 세워 행선지를 묻자 시모오치아이라고 한다. 그렇다면 태울 수가 있다.

요즘 같은 철에 벚꽃이라니 어디서 손에 넣은 걸까. 알고 싶은 마음도 들었지만 남자는 좀 전의 그녀와 달리, 차에 탄후로 말 한 마디 하지 않았다.

차 안은 이내 익숙하지 않은 시큼털털한 냄새로 가득 찼다. 이 남자의 체취일까? 확실히 한참 목욕도 하지 않은 것 같은 차림이다. 나는 창을 조금 내렸다.

아름다운 얼굴을 갖게 된 후 그녀는 어떻게 할까? 어떻게 도 하지 않아요, 그걸로 끝이에요, 라고 그녀는 말할지도 모른다. 하지만 '혹시'라고 생각하는 것도 나쁠 건 없겠지.

그녀의 얼굴이 완성된 날을 맞이하였다고 치고, 만약 그때 아직 이 세상이 끝나지 않았다면?

그러나 아무것도 떠오르지 않았다. 남자에게 사랑받고 있는 그녀의 모습도, 화려하게 차려입고 웃고 있는 그녀의 모습도. 그저 새까만 옷으로 몸을 감싸고, 지나가는 차의 행렬을 향해 계속 손을 들고 있는 그림자 같은 그녀만이 떠올랐다가 사라졌다.

대체로 무난한 하루였다.

팔과 겨드랑이 털을 깎고 피부 손질을 한 후 잠자리에 들자. 한낮이 지나 일어나면 이 글을 관엽식물에게 들려주어야 한다.

계기반 위에 붙어있는 내 기사 신분증. 거기에 기록된 남자 이름을 그녀는 분명히 보았다. 보고도 나를 여자 취급했다. 놀리지도 않았고, 꼬치꼬치 캐묻지도 않았다.

우리는 자유롭게 몸을 개조한다. 오로지 자기 자신을 위해서만. 마지막까지 최대한 호흡하기 쉽도록 살아 있는 한 자신을 품종개량한다.

슬슬 아침 뉴스에서 일기예보를 하려나 생각했더니만, 텔레비전은 아직 로켓 탑승자 당첨 발표를 계속하고 있다.

그녀와 내 행위를 무의미하고 어리석다고 단정한다면, 로켓을 타려는 자도 로켓에 타지 못해 비탄에 빠진 자도 마찬가지로 무의미하고 어리석다.

우리는 살아 있다. 아무리 종말이 가까이 다가와도 슬프리만큼 살아 있다.

내일도 쇳덩어리를 타고 거리를 달리자. 가고 싶은 곳에 도착할 때까지.

그곳은 분명 화성보다도 목성보다도 멀 것이다.

꽃

원숭이 사위

어느 농부가 햇볕이 쨍쨍 내리쬐는데 힘들게 일을 하고 있
자, 원숭이가 비를 내리게 해주었다. 농부는 감사의 표시로
세 딸 가운데 막내딸을 원숭이에게 시집보냈다.

어느 날, 친정에 가게 된 딸은 아버지에게 선물로 갖다줄
거라며 원숭이에게 떡을 찧게 했다. 그리곤 떡이 든 절구를
원숭이에게 짊어지웠다. 친정에 가던 도중에, 강가에 핀 아름
다운 벚꽃을 발견했다. 딸은 원숭이에게 "너무 예뻐서 아버
지에게도 보여드리고 싶어요" 하고 말했다. "그럼 내가 꺾어
올게." 원숭이는 딸을 위해 절구를 멘 채 벚꽃나무에 올라갔
다. 가느다란 가지가 절구의 무게 때문에 부러지면서 원숭이
는 강에 빠졌다. 강물에 떠내려가면서 원숭이는 "내 목숨은
아깝지 않지만, 나중에 당신이 울 걸 생각하니 슬프구나" 하
고 노래를 불렀다. 딸은 떠내려가는 원숭이를 똑바로 지켜보
았다. 그리고 혼자 친정에 돌아와 행복하게 잘 살았다.

어쩌다 이런 남자와 결혼을 했을까? 때때로 그런 생각을
한다.

당신은 늘 그렇게 "배부른 소리"라고 하면서 웃지만 말이
야. 상상을 해봐. 좁은 방에 원숭이 같은 남자와 둘만 있지,
창으로 보이는 경치라고는 그저 캄캄한 어둠뿐. 원숭이는
오늘 하루 연구소에서 있었던 일을 실컷 떠든 후에 머뭇머
뭇 "이제 잘까?" 이런다니까. 숨이 막힌다.

애초에 나는 원숭이에게 속은 거야.

한밤중에 내 아파트에 와서 "이 꽃을 당신에게"라고 말하
며 물색 백합을 한아름 주는 바람에.

"내가 개발한 거야. 조금만 더 있으면 매화꽃 향기가 나

는 벚꽃도 완성될 거야. 다 피면 또 당신한테 제일 먼저 갖고 올게."

받아든 백합은 꽃가루가 금색이고 꽃잎은 셀로판처럼 얇고 투명했다.

원숭이는 막 완성된 꽃을 내게 주기 위해 택시를 타고 온 것 같았다. 머리카락은 착 달라붙었고, 안경 렌즈에는 기름기가 부옇게 껴있고, 발에는 보풀투성이인 양말에 건강샌들을 걸치고 있었다. "고마워요, 그럼 잘 가요" 하고 문을 닫기에는 너무 쌀쌀맞은 것 같아서 자비를 발휘한 것이 잘못의 시작.

"들어와서 차라도 마시고 갈래?"

묻자, 원숭이는 몹시 기쁜 듯 얼굴이 빨갛게 되어 끄덕였다. 그리고 신이 나서 거실 테이블에 앉았지만, 원숭이가 지나간 뒤쪽으로 마룻바닥에 점점이 증기 같은 족적이 생겼다. 징그럽게 기름기가 많다고 할까, 땀이 많다고 할까, 하여간 원숭이의 발은 흉기에 가까웠어.

그래서 내가 제안했지. "샤워 좀 할래?" 뭐 깊은 의미를 담은 건 아니고 단지 한밤중에 불결한 남자에게 차를 대접하고 싶지 않았던 거지.

나는 "자, 이거. 아사다의 옷이라 미안하지만" 하고 원숭이에게 갈아입을 옷을 떠맡겼어. 원숭이는 올리브 오일이 뚝뚝 떨어지는 토마토처럼 빨개져서 어색하게 욕실로 사라지더군.

아니, 잔혹한 게 아냐. 내가 아사다와 헤어진 후에 부탁도 하지 않았는데 쪼르르 쫓아온 건 원숭이 쪽이니까. 친구의 옛날 애인과는 소원해지는 법이잖아. 그런데 걸핏하면 쫓아올 때는 확실히 해두는 편이 좋을 거라고 생각했어. 그래서 "난 당신에게 전혀 마음이 없을 뿐만 아니라, 아직도 아사다를 잊지 못하고 있어"라고 했지.

내가 하고 싶었던 말이 원숭이에게 전해졌는지 어떤지 모르겠어. 어쨌든 원숭이는 조금은 깨끗해져서 욕실에서 나왔어. 아사다의 셔츠가 원숭이에게는 너무 컸던지 불쌍할 정도로 빈상이 두드러졌지만.

나는 그 사이에 물을 끓여서 커피를 타고, 그리고 백합꽃을 족욕용 대야에 꽂았어. 어쩔 수 없었다고. 집에는 그렇게 많은 꽃을 꽂을 화병이 없었으니까.

원숭이는 대야에 든 백합이 부엌 바닥에 놓여 있는 것을 보고도 별로 불만스러워하지 않았어. 다시 거실 의자에 앉아 "잘 마실게" 하고 커피를 조금씩 홀짝거리더군. 나는 '그만 가주지 않으려나' 생각하면서 원숭이 맞은편에 앉았지.

원숭이도 나도 할 이야기가 별로 없어서 줄곧 침묵하고 있었는데 한참 만에 원숭이가 고개를 들어 나를 보대.

"지금부터 내가 하는 말에 '응'이라고 대답해주었으면 해."

"싫어."

"싫어도 부탁해. 친구잖아?"

"언제부터 우리가 친구가 된 거야? 넌 그저 헤어진 애인의 친구. 지금 내게는 아주 먼 사이라고."

"그럼 어째서 그런 먼 사이인 남자를 한밤중에 집에 들어오게 하고, 샤워까지 하게 한 거야?"

드물게 원숭이가 반격을 했어. "전부터 생각했는데, 너는 틈이 많은 여자라고 할까. 그러니까 아사다 같은 남자한테 걸려서 울고불고 하게 되는 거라고."

"쓸데없는 간섭."

나는 화가 나서 말했어. "아사다 같은 남자라니. 넌 그런 아사다하고 친구잖아. 무슨 소릴 하는 거야."

"나는 아사다와 사랑을 속삭이는 사이가 아니니까, 그 녀석이 아무리 변변찮은 놈이어도 상관없어."

"나 역시 사랑을 속삭이거나 하진 않았어!"

"그래?" 원숭이가 말했어. "살벌했구나."

사랑의 말 따위 없어도 우리는 잘 맞았다고 설명하는 것도 한심해서 마음속으로 '죽어라, 원숭이야!'를 100번쯤 외쳤지.

"내일도 출근하지? 그만 돌아가는 편이 좋지 않을까?"

"아직 이야기가 끝나지 않았어. 아니, 시작되지도 않았어."

"빨리 시작하고 빨리 끝내줘."

"나도 그리고 싶어. 그러니 지금부터 내가 하는 말에 '응'이라고 대답해주었으면 해."

가늘고 새하얀 뱀이 위 속에서 꿈틀대는 것처럼 느글거리기 시작했어.

"그 전제조건을 바꿔. 무슨 이야긴지 들어보지 않으면 모르잖아."

"알았어. 그럼 넌 아무 말도 안 해도 좋아."

그러곤 이런 말을 하는 거야. "아무 말도 하지 말고 나하고 결혼해줘."

젓가락 세 개를 한 벌로 세는 나라의 사람과 식사를 함께한다 해도 이렇게 어이없지는 않았을 거야. 말이 나오지 않았어.

"마……말……."

"응, 아무 말도 안 해도 돼."

원숭이가 말했다. "실은 나 이미 너하고 혼인신고를 해버렸어."

"무슨 소리야, 그게!"

놀라서 테이블을 힘껏 내리쳤지. "난 그런 것 쓴 적 없어!"

"너, 네 서명을 한 혼인신고서를 아사다에게 맡긴 적 있지?"

분명히 있었지. "그런 짓은 하지 않는 게 좋지 않았을까? 적어도 헤어질 때 도로 받아놔야지. 아사다가 '필요하냐?' 물어서 '필요하다' 했더니, 5만 엔에 팔더라."

"한심한 인간."

"바로 그거야. 그런 남자는 조심했어야지……."

"너 말이야!"

사기 같다고? 같은 게 아니라 사기였다니까. 말했잖아, 원숭이에게 속았다고.

나는 필사적으로 그런 결혼은 무효라고 주장했어. 하지만 원숭이는 반 정도로 줄어든 차가운 커피에 이제 와서 프림을 몇 스푼이나 더 넣으면서 말하는 거야.

"그렇지만 말이야. 무효라고 증명하려면 여간 귀찮은 게 아닐걸. 혼인신고서는 네가 쓴 것이 틀림없고, 나와 아사다 사이에서 금전 수수가 있었다는 걸 증명할 방법은 없고. 일단 나랑 결혼하는 게 좋을 거야."

"전혀 좋지 않아."

나는 거의 울 것 같았어. "왜 너와 결혼을 해야 하는 거야!"

원숭이는 썩은 흙탕물 같은 색이 된 커피를 다 마시고, 고통스러운 듯이 얼굴을 찡그렸어.

"일단이라고 했잖아. 자세한 것은 아직 말할 수 없지만, 나 이번에 전근을 가게 됐어. 그게 좀 먼 곳이야. 나는 거기에 꼭 너를 데려가고 싶어. 함께 가고 싶다고."

"어째서?"

"너를 좋아하니까. 아주 많이."

커피잔을 든 원숭이의 손가락이 바들바들 떨리고 있었다. "나는 진기하고 아름다운 꽃을 개발하는 게 직업이지만, 네가 없으면 그 일이 아무 의미가 없어. 전부, 전부, 너를 위해 만든 꽃이야."

난 그런 걸 부탁한 기억이 없다고. 전부, 전부 '나를 위해서'라고 해도 원숭이가 멋대로 한 짓일 뿐이야. 나하고는 관계없어.

하지만 원숭이는 아주 진지한 얼굴이었고, 나도 슬슬 결혼을 하고 싶었지만 아사다와는 깨졌고, 전근 가는 데 따라

가서 좀 있다가 헤어져도 괜찮다는 원숭이 말에, 그렇다면 뭐 별로 문제없을 거라고 생각해서 결혼하기로 한 거야.

벌써 한참 옛날이야기군.

원숭이가 준 백합꽃이 부엌에서 금색 꽃가루를 지저분하게 흘리고 있네.

너도 알다시피 원숭이의 전근지는 조금이 아니라 아주 먼 곳이었어.

환경이 완전히 바뀌어서 이번에야말로 정말로 어이가 없더군.

지금까지 이렇게 폐쇄적인 공간에서 산 적도, 이렇게 거대한 집합주택에서 산 적도 없었다고.

창 밖에는 항상 아침인지 밤인지 알 수 없는 어두운 공간이 펼쳐져 있어. 현관문을 열면 집합주택 안뜰에는 일 년 내내 쉴 새 없이 꽃을 피우는 벚나무가 잔뜩 있고.

그거 실은 전부 원숭이가 심어놓은 거야. 향기는 매화라기보다 바나나에 가까워. 주민들은 "참 예쁘네요" 하고 좋아하니 다행이지만. 날이면 날마다 바나나 냄새가 나는 공기에 좀 질렸어.

원숭이는 언제나 쓸데없는 짓만 해. 벚꽃은 강한 향이 없어서 좋은 꽃이었는데.

그렇게 생각하지 않니?

원숭이가 만든 벚꽃은 열매를 맺지 않아. 여기에는 열매
를 먹는 새가 없으니까. 꽃잎은 흩어지면 공중에서 눈처럼
녹아. 절대 지면에 쌓이지 않지. 여기에는 쓰레기를 묻을 땅
이 없거든.

원숭이는 정말로 외로운 꽃을 만들었어.

원숭이는 새도 땅도 없는 곳에서 살 날을 대비해 줄곧 그
런 환경에 적합한 꽃을 개발하는 데만 전념해왔대.

"혹독한 조건에서도 자라는 쌀과 보리를 개발하는 일은
많은 사람들이 해왔어. 하지만 먹을 게 있어도 꽃이 없으면
쾌적한 생활을 할 수 없을 거라고 생각했지. 경쟁 상대가 별
로 없었던 덕분에 여기로 올 수 있었어. 게다가 너도 따라와
주어서 나는 지금이 제일 행복해."

"두 번 다시 돌아가지 못해도? 여기서 줄곧 찡그린 내 얼
굴만 보고 살아야 해도?"

내가 그렇게 물어도 원숭이는 싱글벙글 웃기만 했어.

원숭이는 정말 자상해. 같은 침대에서 눈을 떴을 때 옆에
서 자고 있는 원숭이의 얼굴을 보면 소름끼칠 때도 많지만,
그 외에는 특별한 불만 없어.

출근하기 전에 원숭이는 반드시 내게 묻지.

"오늘은 몇 시쯤 돌아오면 될까?"

혼자 있고 싶지 않을 때나 먹어치워야 하는 반찬이 남아 있을 때는 "되도록 빨리"라고 대답해. 원숭이의 얼굴을 별로 보고 싶지 않은 기분일 때는 "돌아오지 마"라고 하지.

그러면 원숭이는 연구실에서 자. 내가 마중을 갈 때까지 언제까지고 돌아오지 않아. 되도록이면 나를 기분 나쁘게 하고 싶지 않다나.

내가 지루해하면 주말에는 돔 끝까지 데려가줘. 거기에는 원숭이가 근무하는 연구소 온실이 있어. 부채질을 하면 짤 랑짤랑 소리를 내는 은방울꽃과 고장 난 수도꼭지처럼 맑은 물방울을 똑똑 떨구는 초롱꽃과 은색 빛을 뿜는 치자나무가 피어 있어. 온실 안에 충만한 공기는 열대 과일의 집합체처럼 짙고 달콤하지.

원숭이는 한 달에 한 번은 이렇게 말했어.

"나하고 사는 게 힘들면 언제라도 말해줘."

"내가 힘들다고 하면 너는 어떻게 할 건데?"

"네 앞에서 사라질 거야."

"그건 협박 아냐?"

"협박 같은 거 아냐. 나는 결의를 이야기하고 있을 뿐이야."

원숭이와 나는 그런 식으로 싸우기도 하면서 하루하루를 보내.

아냐, 아냐, 이건 자랑이 아니라니까. 부탁이니 잘 좀 들어줘. 나 무서워서 미칠 것 같아.

원숭이는 나를 사랑한다고 해.

처음에는 그런 소리, 완전 민폐였어. 함께 사는 동안에 솔직히 애착도 조금은 생겼지.

하지만 나는 역시 원숭이를 사랑하지 않아. 다만 혼자 되는 것이 싫은 것뿐. 아는 사람도 없는 이런 곳에서 혼자서는 살아갈 수 없잖아. 그러니 원숭이와 함께 사는 것뿐이야.

나는 아사다 역시 별로 사랑하지 않았어. 이제야 알 것 같아.

나에 대한 원숭이의 헌신과 배려, 나를 생각하는 마음을 사랑이라고 한다면, 나는 지금까지 누구도 사랑하지 않았어.

태어난 곳에서 멀리 떠나, 그래도 "이 사람하고만큼은 헤어질 수 없다"고 생각할 만한 상대는 나한테 없다고.

부모도 형제도 친구도 버리고, 중력과, 고향을 뿌리치고.

원숭이는 오직 나만을 추진력으로 삼아 자신에게 필요한 것을 모두 손에 넣었어.

하지만 우습게도 원숭이가 사랑을 바치는 대상인 나는 빈털터리.

지구는 어떻게 되었나 모르겠네?

원숭이는 선택받아 탈출 로켓에 탄 사람이지만 나는 달라. 그저 원숭이의 열정에 떠밀려서 정신을 차리고 보니 이런 곳까지 따라와 있을 뿐.

나는 무서워. 원숭이가 언제 맹목적인 사랑에서 깨어나 내 속의 공허를 알아차릴까 생각하면. 처음부터 알고 있었다고 하더라도, 그래도 역시 어째서 내게 사랑의 말을 계속 속삭이는 걸까 생각하면 무서워.

원숭이의 사랑은 나를 묶는 사슬이야. 나를 묶어 절벽에 매달아놓고 상실의 공포를 부채질하는 사랑이야.

나는 물론 원숭이에게 그렇게 말했지. 원숭이는 웃으면서 대답하더군.

"또 쓸데없는 생각을 하는구나. 나는 분명 너를 사랑하고 있지만, 그건 내 자신의 만족을 위해서이기도 해. 너도 네 자신의 만족을 위해 좋을 대로 하면 되잖아. 나를 사랑하는 것도 좋고, 나를 사랑하지 않고 그저 함께 살기만 하는 것도 좋고."

원숭이의 손가락 끝은 그때도 떨리고 있었어. 떨리면서 그래도 그것을 내게 들키지 않으려고 컵을 들어 합성 맥아 麥芽 맥주를 벌컥벌컥 비웠어.

그 후 원숭이는 연구소에서 이 전화기를 가지고 왔지.

"카운슬링 로봇 직통 회선이야. 환경이 달라지니 스트레스를 호소하는 사람이 많아서 옆 부서에서 개발한 거야."

너 정말로 로봇이야? 오, 그래. 원숭이라면 음성변조기라도 사용해서 내게 오는 전화를 자기가 받고도 남을 텐데.

이상하네, 이상한 걸 고안하는 사람도 있네. 로봇에게 고민 상담을 하다니.

이제 곧 원숭이가 "그만 잘까?" 하고 말을 걸어올 거다. 오늘은 그만하기로 하자.

원숭이와 나는 자기 전에 서로 "잘 자" 하고 인사를 한다. '잘 자'라는 말을 할 때마다 나는 언제나 조금 불안해진다.

정말로 내일 우리는 또 눈을 뜰 수 있을까? 자는 동안에 돔에 구멍이 뚫려서 원숭이와 나는 서로 다른 꿈을 꾸면서 뿔뿔이 우주로 빨려 들어갈지도 모른다. 그러면 이제 두 번 다시 옆에서 잠든 원숭이의 얼굴을 볼 수 없게 된다.

뭐야, 너 어째서 그렇게 기쁜 듯이 "그런 게 사랑이야"라고 하는 거지?

　그래도 뭐, 그래. 네 말이 맞는지도 몰라. 사랑이라 치자. 그 편이 나도 마음이 편하겠어.

　우리는 이렇게 해서 평생 함께 살아가겠지. 지름 5킬로미터의 작은 돔 속에서 숨이 막힐 것 같은 꽃향기에 싸여서.

　다음에 또 걸게. 오늘 밤은 이만 안녕.

그 리 운　강 가　마 을 의
이 야 기 를　해 볼 까

모모타로

　할머니가 강에서 빨래를 하고 있는데, 커다란 복숭아가 떠
내려 왔다. 집으로 가지고 가 할아버지와 함께 먹으려고 하
는데, 복숭아가 갈라지며 안에서 남자아이가 나왔다. 할아버
지와 할머니는 그 아이에게 모모타로라고 이름을 붙여주고
소중하게 키웠다.

　성장한 모모타로는 할머니가 만들어준 경단을 허리에 차
고, 도깨비섬으로 도깨비를 퇴치하러 갔다. 모모타로는 도중
에 만난 개와 꿩과 원숭이에게 경단을 주고 자기편으로 만들
어 함께 데리고 갔다.

　도깨비섬에 도착한 모모타로는 개, 꿩, 원숭이와 합력하여
도깨비를 퇴치했다. 도깨비 대장은 "목숨만 살려주시오" 하
면서 보물을 몽땅 모모타로에게 바쳤다. 모모타로는 보물을
가득 실은 수레를 개와 꿩과 원숭이에게 끌게 하여 할아버지
와 할머니에게 돌아갔다.

다들 모모를 무서워했다.

진보 모모스케라는 닌자 같은 이름을 가진 모모는 점심 시간이면 매일 매점에서 산 프루츠 샌드위치를 먹었다. 프루츠 샌드위치는 세로로 칼집을 낸 쿠페빵에 통조림 복숭아와 생크림을 끼운 것이다. 필연적으로 그의 별명은 모모(일본어로 복숭아라는 뜻—옮긴이)가 되었다.

하지만 얼굴을 맞대고 그를 '모모'라고 부르는 사람은 거의 없었다. 모두 뒤에서 "모모는 너무 무서워"라거나 "모모는 너무 수상해" 하고 수군거릴 뿐이었다.

모모만큼 전설로 채색된 남자 고등학생은 없을 것이다.

모모의 어머니는 야쿠자의 정부였는데 뭔가 본때를 보여

주기 위해 숲 속의 큰 나무에 목이 매달려 죽었다느니, 그 충격으로 자궁문이 열려 빠져버린 모모는 미숙아였다느니, 중학교를 졸업할 때까지 징계를 받은 것만 24회, 소년원만 3회라느니, 소년원에 들어갔다 오는 바람에 우리보다 두 살이 많다느니, 이 동네에서 약을 팔려면 모모에게 잘 보여야 할 필요가 있다느니, 혼자 사는 맨션 방의 텔레비전 위에는 권총이 놓여 있다느니 하는 전설. 무엇보다 엄청난 것은 같이 잔 여자의 수가 이미 네 자리에 이른다는 전설이다.

우리는 모모의 새로운 전설을 들을 때마다 숨을 삼키거나 한숨을 쉬었다. 그리고 교실 창가 제일 뒷자리에서 자고 있는 모모를 두려움과 존경과 감탄의 마음을 담아 바라보았다.

모모의 7대 불가사의 중 하나지만, 모모의 자리는 왠지 언제나 교실 제일 뒤다. 모두들 의논하여 자리를 바꿀 때마다 특등석은 암묵의 약속으로 모모에게 돌아간다. 그러나 제비뽑기를 해도 모모에게는 반드시 뒷자리가 돌아간다.

"왕좌는 왕만 앉는 자리니까."

모두 수긍을 했다.

모모 자신은 우리 사이에서 도는 소문에 대해 전혀 무관심해 보였다. 그래서 전설이 사실인지 허구인지 확실하지 않았다.

시내에서 다른 학교 아이들이 모모에게 길을 양보하는 걸 본 적이 있다. 모모는 그들을 거들떠보지도 않고 당연한 듯이 보도 한가운데를 당당하게 걸어갔다.

전교 여학생의 반이 모모와 잔 적이 있다고 자칭한다. 그 가운데 반이 괜히 뽐내려 그러는 거라 해도 4분의 1은 모모의 여자라는 말이 된다.

그렇다고 모모가 남학생들에게 미움을 받는가 하면 그런 것도 아니다. 내 친구는 어느 날 아침 흥분해서 상기된 얼굴로 교실로 뛰어 들어왔다.

"어제 저녁에 있지, 역 뒤 주차장에서 모모를 봤는데 굉장했어! 북공고 녀석들 다섯 명을 상대로 대난투극이 벌어졌는데 있지. 모모의 이단옆차기가 제일 덩치 큰 녀석의 턱에 제대로 먹혀가지고, 그 자리에서 끝장났어, 끝장."

아무리 그래도 5대 1은 엉터리일 거라고 생각했지만, 그 녀석은 "진짜라니까" 하며 물러서지 않았다.

"물론 어두컴컴하긴 했지만, 그 좁은 주차장이 사람 그림자로 빼곡했을 정도였다고. 어쩌면 상대는 다섯 명 이상이었을지도 몰라."

그때, 모모가 어쩐 일로 지각을 하지 않고 교실에 들어왔다. 빈손에 넥타이는 셔츠 주머니에 찔러 넣고, 실내화 대신 뒤축을 꺾은 스니커를 질질 끌고 있다. 평소의 스타일이다.

모모는 지갑도 갖고 있지 않은 듯, 교복 바지 주머니에서 걸을 때마다 짤랑짤랑 동전 부딪치는 소리가 났다.

왜 학교에 오면서 빈손인지 잘 이해가 되지 않았지만, 다들 그걸 이렇게 해석했다.

"습격을 당했을 때 손에 뭘 들고 있으면 곤란하니까 그렇지."

나와 친구는 대화를 중단하고 슬며시 모모를 보았다. 모모는 입술 끝에 작은 반창고를 붙이고 있었다.

"봐, 저거! 응?"

친구는 자랑스럽게 말했다. "그렇게 큰 싸움이었는데, 상처가 저것뿐이라고. 역시 모모는 예사로운 아이가 아냐."

응, 그러네 하고 건성으로 대답했다. 모모는 드르륵 하고 자기 의자를 꺼내서 유유히 앉았다. 교실 안은 갑자기 고요해졌다. 수업 시작 전인데도, 아이들은 모두 칠판을 향하고 있다.

한참 지나 조심스럽게 뒷자리를 엿보니 모모는 두 다리를 내던지듯이 쭉 뻗고 등받이에 몸을 깊숙이 기댄 채 고개를 뒤로 벌렁 젖히고 깊은 잠에 빠져 있었다. 오자마자 자다니.

아이들은 작은 소리로 소곤거렸다.

선생님조차 모모에게 아는 척을 할 때는 조심스러워했다. 수업 중에 모모를 지명하는 일은 없다. 뭐 그건 교과서도 노트도 책상에 펼쳐놓지 않은 모모에게도 원인이 있긴 하지만.

모모가 팔짱을 낀 채 빤히 칠판을 노려보고 있어도, 꽤 큰 소리로 코를 골며 자고 있어도 선생님들은 한결같이 겁을 먹었다. 아무도 모모에게 주의를 주거나 지도를 하지 못했다.

한때, 모모와 자리를 나란히 앉은 적이 있다. 나는 하루 종일 곁눈으로 모모를 관찰했다.

모모는 대체로 자거나 어느 한 곳을 응시하거나 했다. 가끔 2교시쯤이면 수업 도중에 갑자기 책상에서 빵을 꺼내 쩝쩝거리며 먹을 때도 있었다. 포장지인 셀로판 종이를 찢는 소리가 온 교실에 울려퍼졌다.

다 먹고 난 모모는 책상 안을 정리하며 시간을 보내기도 한다. 수업에 관계된 것은 아무것도 들어 있지 않다. 파친코 점 전단지며 편의점 영수증이며 만화잡지 등이 끝없이 나온다.

모모는 잡동사니를 쓰레기와 그렇지 않은 것으로 분류하

고, 쓰레기는 한 개 한 개 돌돌 뭉쳐서 교실 뒷문 옆에 있는 쓰레기통에 던진다. 가끔 빗나가서 바닥에 떨어지기도 한다. 모모는 전부 다 끝난 후 혀를 차며 자리에서 일어나 쓰레기통에 들어가지 않은 걸 한꺼번에 주우러 간다.

다들 되도록이면 모모를 쳐다보지 않으려고 한다. 선생님은 모르는 척 교과서를 읽고, 지저분한 글씨로 판서를 한다.

쓰레기를 처리한 모모는 자리로 돌아와서 필요한 것을 다시 책상에 넣는다. 책상 위에는 마지막으로 샤프펜슬이 남았다. 모모는 째깍째깍 샤프펜슬의 꽁무니를 누른다. 심은 나오지 않는다. 비었다.

모모는 할 수 없다는 듯이 오른손으로 샤프펜슬을 돌리기 시작했다. 샤프펜슬이 손등과 엄지손가락 위에서 상당한 속도로 회전했다. 나는 못하는 짓이다. 초등학교 때부터 도전했지만, 한 바퀴 돌기도 전에 떨어졌다. 왠지 이걸 잘 하는 아이들은 좀 불량한 아이들 같다는 생각이 든다.

모모는 20회 이상이나 샤프펜슬을 돌렸다.

저렇게 지루해하면서 왜 학교에 오는 걸까? 모모는 의외로 성실하게 등교한다. 공부할 마음은 없는 것 같았지만, 어쨌든 수업 시간에는 교실에 있을 때가 많았다. 내가 모모 같았으면 학교 따위는 절대로 가지 않고, 날마다 빈둥빈둥

하고 싶은 일이나 하며 살 텐데.

지금 생각하면 모모는 우리의 평범한 일상에 색채를 더해주는 진기한 야수 같은 존재였다. 야수는 극진하게 보호받고 있기는 하지만 우리와의 사이에는 탄탄한 우리(檻)가 있어서 서로에게 접근할 수가 없다. 아무리 접근하기를 희망해도.

그리고 우리를 만드는 것은 야수가 아니라 언제나 우리 쪽이었다.

이런 느낌으로 이야기하면 됩니까? 알겠습니다. 계속하겠습니다.

교실 안에서는 명확히 겉도는 모모였지만, 친구 같은 존재가 있기는 했다. 1학년인 아리마 마시로다.

복도에서 스쳐지나가거나 할 때면 두 사람은 항상 말을 주고받는다.

"마시로. 이번 주 호, 다 읽었냐?"

"아직."

"점점 재미있더라."

그런 말을 하면서 모모는 갖고 있던 만화잡지를 아리마

에게 넘겨주었다.

우연히 그걸 목격한 나는 몹시 놀랐다. 모모는 교실에서는 거의 말을 하지 않고, 자기가 먼저 누군가에게 말을 거는 일 따위 절대로 없다. 어째서 학년이 다른 남학생과 저렇게 친할까. 아리마 쪽도 모모에 대해서 겁을 먹는다거나 존대말을 쓰거나 하지 않았다.

모모와 같은 중학교를 나온 녀석이 내 의문에 대답해주었다.

"아리마는 말이야, 모모하고 같은 맨션에 살아. 어릴 때부터 친구라나? 중학교 때도 저런 식이었어. 뭐, 아리마란 녀석은 누구한테나 저런 식이긴 하지만. 그 녀석 도통 존대말을 쓰질 않으니까."

"어째서?"

"어째서라니, 뭐가?"

반문을 받고 나서 보니 정말로 무엇에 대한 어째서인지 나도 알 수가 없었다.

"으음…… 어째서 존대말을 못 쓰는 걸까?"

"내가 어떻게 알아. 국어를 못 하겠지. 아, 맞다. 내가 다닌 중학교에서는 전교생에게 강제적으로 동아리 활동을 하게 했거든. 아리마는 브라스밴드인가 뭔가였는데, 태도가 불량하다고 선배가 목을 졸랐나봐. 때마침 지나가던 모모가 그걸 보고 되레 그 선배를 먼지가 나도록 두들겨 팼다지."

모모와 아리마는 점심시간에 가끔 옥상에서 함께 밥을 먹기도 했다. 함께라고 해도 좋을지 미묘할 정도로 서로 자기가 좋아하는 장소에 앉아서 각자 음악을 듣거나 만화책을 보고 있을 뿐이지만. 다만, 아리마가 도시락을 다 먹고도 아직 부족한 얼굴을 하고 있으면, 모모가 매점에서 산 프루츠 샌드위치를 나눠주곤 했다.

가느다란 은테 안경을 낀 아리마는 무표정한 얼굴로 그빵을 먹었다.

나는 조금 떨어진 곳에서 그 광경을 부러워하며 바라보았다. 그 무렵 나는 모모를 관찰하는 것이 반쯤 취미가 되어버린 터였다. 어떡하든 나도 모모와 친해지고 싶었다. 모모는 나와는 전혀 다른 세계를 바라보고, 전혀 다른 공기를 마시며 사는 것처럼 보였다.

내 생활은 너무나 단조로웠다.

산을 허물어 만든 주택가의 단독 주택에서 매일 아침 7시 55분에 나온다. 8시 지나 버스를 타고 역 앞 상점가 끝에 있는 학교에 도착하는 것이 8시 20분. 교실에서 수업 시작

전까지 10분 동안 친구들과 잡담.

다음은 하루 일과 시작, 정해진 대로 의자에 앉거나 운동장에서 몸을 움직인다. 동아리에 들지 않았기 때문에 방과 후에는 시간이 남아돌아 교실에서 친구들과 장난을 치거나 역 앞에서 딴 길로 새기도 한다.

귀가가 밤 8시를 넘는 일은 좀처럼 없었다.

가족은 아버지와 어머니와 중학생인 동생으로, 아버지와는 얼굴을 마주해도 특별히 할 얘기도 없고, 동생은 동생대로 축구에 빠져 있어서 활발하게 움직이는 걸 좋아하지 않는 나를 경멸하는 경향이 있었다. 가족 가운데 나와 가장 접촉이 많은 것은 엄마지만, 엄마조차 "밥 먹어라"와 "우산 가져가거라"는 정도의 말밖에 하지 않는다.

어째서 엄마라는 사람은 밥걱정과 우산 걱정밖에 하지 않는 걸까.

그만큼 내가 평범한 것일지도 모른다. 학교에서 활약이 뛰어나다거나 공부를 잘 하는 것도 아니고, 그렇다고 대책 없는 문제아도 아니었으니, 부모에게도 별 특징 없는 아들이었을 것이다.

내가 모모에게 차근차근 접근하고 있다는 사실은 아무도 몰랐다.

어느 날, 나는 선생님 심부름으로 수업에 사용한 세계지도를 사회과 연구실로 가져가고 있었다. 비닐과 종이의 중간 재질로, 칠판에 걸지 않을 때는 말아두는 대형 지도다.

그걸 안고 교사와 교사를 잇는 함석지붕이 덮인 연결 통로를 지나가던 나는 통로 옆 무성한 숲 그늘에 남녀 한 쌍이 서 있는 것을 발견했다.

남자는 모모고, 여자는 같은 학년인 우다 도리코였다.

모모는 절대 체격이 큰 편이 아니다. 꽤 탄탄해 보이는 몸이긴 하지만, 키는 170센티미터도 되지 않을 정도였다. 우다 쪽은 마르고 키도 175센티미터나 되는 모델 체형이어서, 머리카락을 위로 세운 모모가 우다를 올려다보는 자세는 어딘지 모르게 귀여웠다.

하지만 필요 이상으로 천천히 연결 통로를 걸어가는 내 귀에 들려온 것은 전혀 귀엽지 않은 말이었다.

"언제 하게 해줄 거야, 도리코?"

모모가 말했다.

"바보 아냐?"

우다가 말했다.

뭔가 큰 사건이 일어날 것 같았다.

사흘 후, 이번에는 체육 비품 창고를 잠그러 가게 되었다.

선생님들은 나를 개나 뭐 그런 걸로 생각하는 경향이 있어서, 공을 던지면 주워서 돌아올 거라고 믿고 있다. 확실히 나는 명령을 받으면 대부분 얌전하게 수행한다. 선생님이 심부름을 시킬 때마다 일일이 성가신 얼굴을 하거나 거절하기 위한 변명을 생각하는 것이 귀찮았기 때문이다.

창고를 잠그기 전에 안에 누가 없는지 혹시나 하고 확인하느라 창고 문을 열었다. 창고 안은 거친 숨소리와 억눌린 목소리로 가득 차 있었다.

모모와 우다가 뜀틀 뒤의 매트에서 섹스를 하고 있었던 것이다.

겨우 3일 동안에 두 사람에게 어떤 변화가 일어났기에 이렇게 된 것일까. 나는 멍하니 서 있었다. 멍하니 서 있으면서도 볼 건 다 보았다.

나는 섹스란 게 두 시간 정도 걸쳐서 하는 건 줄 알았다. 그만큼 어려운 일이라고 생각했다. 가끔 친구 방에 모여서 포르노 비디오를 봐도 화면 속에서 하는 것이 실제로 하는 것인지 아닌지 판단할 수 없었고, 뭔가 여러 가지 순서와 취향이 필요한 것 같았기 때문이다.

하지만 모모와 우다의 섹스는 내 상상과는 전혀 달랐다. 말도 없고, 몸 어딘가를 서로 만지지도 않는다. 무조건 결합

하여 땀투성이가 된 채 오로지 허리만 움직이고 있었다. 두 사람이 알몸이 아니었더라면 유도 연습을 하는 거라고 억지로 받아들이는 것도 불가능하지 않았을 것이다.

모모는 "후우" 하고 숨을 내쉬며 우다에게서 몸을 뗐다. 아마 5분도 안 걸렸을 거다. 모모는 스포츠를 한 뒤처럼 상쾌한 얼굴로 이마의 땀을 닦으면서 알몸으로 일어섰다. 그리고 문 쪽에 있는 나를 보고 말했다.

"뭐야, 너냐? 저번에도 우리 얘기하는 거 몰래 훔쳐들었지. 도리코를 좋아하는 거냐?"

나는 황급히 고개를 저었다. "내 여자한테 무슨 볼일이야?" 하면서 두들겨 패기라도 하면 큰일이라고 생각했기 때문이다.

모모는 사용한 콘돔을 능숙하게 묶어서 주위를 잠시 둘러본 후, 흰 선을 긋는 도구 속에 버렸다. '아아아아'라고 생각했지만, 아무 말도 하지 않았다.

"창고 문을 잠가야 하는데."

내가 말했다.

"문 잠가야 한단다."

모모가 교복을 입으면서 등 뒤를 돌아보았다. 우다는 이미 교복을 단정하게 다 입고 주머니에서 꺼낸 작은 빗으로 머리를 빗고 있었다.

"흐응."

우다는 나를 흘끗 보더니 이내 흥미 없다는 듯이 일어서서 모모와 손을 잡았다. 뺨이 조금 상기된 것 외에는 매끄러운 피부며 긴 머리며 전혀 흐트러짐이 없는 평소의 우다였다.

두 사람은 내 옆을 지나 체육 창고에서 나갔다. 남겨진 나는 잠깐 코를 킁킁거려 보았지만, 땀에 전 오래된 걸레 같은 체육 창고 특유의 냄새밖에 맡을 수 없었다.

모모와 우다가 사귀기 시작한 사실은 이내 온 학교에 알려졌다. 점심시간에 함께 옥상에 있거나, 방과 후에 역 벤치에서 나란히 앉아 있는 모습이 자주 목격되었기 때문이다.

"그러고 보니."

같은 반 녀석들이 진지한 얼굴로 평론했다.

"모모가 여자와 있는 모습을 지금까지 본 적이 없어. 우다하고는 진짠가 봐."

그렇지만 사람과 거리를 두는 모모의 방법은 여전히 독특했다. 옥상에서도 우다와 붙어서 사이좋게 있는 것이 아니었다. 우다는 우다대로 여자 친구 몇 명하고 도시락을 펼쳐놓고 있고, 모모는 조금 떨어진 곳에서 대체로 혼자 프루츠 샌드위치를 먹고 있었다. 가끔 아리마가 그 옆에 말없이 앉아 있었다.

그러나 도시락을 다 먹고 난 우다가 "아, 단 걸 먹고 싶네"라고 하면 모모는 재빨리 매점 봉지에서 새 프루츠 샌드위치를 꺼내 우다에게 던져준다.

"고마워, 모모."

우다는 그걸 받아들고 미소 짓는다. 모모는 아무 말도 하지 않는다. 우다 쪽으로 시선도 주지 않는다. 우다는 프루츠 샌드위치를 뜯어서 친구들과 나누어먹는다.

"이야, 처음 먹어보는데 굉장히 달다."

"이거 맛있다."

이렇게 수다를 떨면서.

미리 말해두지만, 나는 모모의 모습을 관찰하기 위해 옥상에 간 게 아니다.

옥상에서는 은색으로 빛나는 역사驛舍 지붕과 길게 뻗은 선로, 그 전방에 누운 다마강의 물결과 아스라히 먼 곳의 동그스름한 녹색 산들을 모두 건너다볼 수 있었다. 나는 그 풍경을 바라보는 것을 무척 좋아했다.

내가 살던 마을의 풍경. 아주 옛날에 보았을 뿐이지만, 지금도 눈을 감으면 떠오른다.

인류가 아무리 다른 행성을 개척했다고 해도, 절대로 그것과 같은 풍경을 손에 넣지는 못할 것이다.

고등학교 2학년 1학기는 그렇게 끝났다. 나는 학기말 시험 결과가 비참해서, 전철을 타고 다마강을 건너 시내에 있는 학원의 여름 강의를 들으러 다니게 되었다. 싫다고 했지만 어머니가 "네 장래를 위해서야" 하고 멋대로 신청해버렸다. 평소에는 가족 중 누구보다 내게 무관심한 아버지까지 내 성적표를 보고 "이건 심하네" 하고 말했다.

나는 선생님이 심부름을 시킬 때와 마찬가지로 역시 강하게 저항할 만한 기개가 없었다. 그래서 풀숲에 던져진 공을 찾지 못한 무능한 개답게 그저 집과 학원 사이를 왕복했다.

지루했다. 무척.

7월이 끝나가는 어느 날 저녁 무렵, 집으로 돌아가는 전철 창으로 다마강을 보았을 때, 나는 나도 모르게 내릴 예정이 없던 역에서 내리고 있었다. 그대로 역 주위의 복잡한 길을 빠져나가 강둑 쪽으로 향했다.

가까이서 보니 물은 생각보다 맑았고, 바다 쪽으로 흘러가는 것도 확실하게 알 수 있었다.

전철에서 내려다본 수면은 탁하고 정체되어 있는 것 같았는데.

강가 모래밭에는 노란색 페인트로 칠한 보트를 나란히 엎어놓았다. 약간 하류에 설치된, 단두대 비슷한 모양의 수문 너머에 때마침 석양이 깃들고 있었다. 가능하면 보트를 타고 저 수문이 있는 곳까지 가보고 싶다. 나는 그렇게 생각했다. 보트 요금은 얼마 정도일까? 감이 잡히지 않았다.

둑 아래로 내려가 모래밭을 걸어서 가보니 보트 가게는 이미 문을 닫았다. 주인은 없고 물에 떠 있는 보트도 한 척 없었다. 뭐냐. 나는 몹시 실망했다.

몇 사람이 둑 위를 오가고 있었다. 장바구니를 들고 있거나 개 산책을 시키는, 강 근처에 사는 사람들이다. 수면을 바라보고, 둑을 바라보던 나는 문득 철교 아래의 어둠을 향해 시선을 돌렸다.

그곳에서는 나와 별로 나이차가 없어 보이는 소년 네 명이 각목으로 어떤 덩어리를 때리고 있었다. 그 소리는 또렷이 귀에 들렸지만 철교를 지나가는 전철과 강물 소리에 섞여 소년들의 모습을 보기 전까지는 별로 관심을 갖지 않았다.

소년들은 파란 비닐 시트와 박스로 만든 작은 집을 두들겨 부수고 있었다.

집 안에 누가 있는지 어떤지는 알 수 없었다. 다행히 주인이 부재중이라 해도 나중에 돌아와서 집이 망가져 있으면 놀라고 슬퍼할 게 분명하다.

나는 얼른 주위를 둘러보았다. 나 혼자서는 아무것도 할 수 없으니 도움을 요청하려고 했다. 소리를 지르면 소년들은 달아날지도 모른다.

나는 마침 둑을 지나가던 두 사람에게 소리쳤다.

"여보세요, 도와주세요!"

두 사람은 멈춰 서서 이쪽을 보는 듯하더니, 이윽고 태연한 발길로 둑을 내려왔다. "무슨 일이야?" 하고 묻지도 않고, SOS에 응하여 내려온 것 같지도 않았다. 희한한 반응이었다.

두 사람이 둑 중간쯤까지 갔을 때, 석양이 마침 그들의 얼굴을 비추었다. 모모와 우다였다.

이런 우연이 다 있다니! 나는 혼란스러웠다. 혼란에 박차를 가한 것은 소년들이 파괴 행위를 중단하고, 기분 나쁜 웃음을 지으면서 내 쪽으로 몰려온 것이다. 그들은 중학생 같아 보였다.

네 명의 중학생과 모모와 우다는 나를 사이에 두고, 반쯤 둘러싼 형태로 모래밭에서 대치하는 꼴이 되었다.

"뭐야, 정의의 사자 흉내라도 내는 거냐?"

"무슨 일이야?"

나는 양쪽에서 동시에 말을 걸어오자 당혹스러웠다.

"나는 그저 멋대로 남의 집을 부수는 건 좋지 않다고 생각했어. 그래서 누군가 말려줬으면 하고……."

나름대로 양쪽 질문에 동시에 대답하려고 노력했다.

"너희 집을 부쉈냐?"

진지하게 묻는 것은 모모고,

"시끄러워" 하면서 내 왼쪽 눈언저리를 때린 것은 중학생 중 한 명이었다. 나는 충격과 아픔으로 뒷걸음질 치다 비틀거리면서 상반신을 꺾었다.

중학생들은 조소를 날리고, 모모는 한심한 내 모습을 물끄러미 내려다보고 있는 것 같았다.

"그래서 너희 집은 어디냐?"

모모가 또 물었다.

"아니, 그게 아니라."

나는 얼굴을 들고 말했다.

그때 줄곧 잠자코 있던 우다가 나를 때린 중학생에게 갑자기 돌을 주워들어 던졌다. 돌은 아주 가까운 거리를 힘차게 날아가 이마 한가운데를 맞혔다. 불꽃처럼 피가 튀었다.

"우!"와 "와!" 중간 정도의 짧은 비명을 지르며 그 중학생이 양손으로 이마를 눌렀다. 들고 있던 각목이 손에서 떨어졌다. 우다는 재빨리 그 각목을 주워 야구 스윙을 하듯 사정없이 몸통에다 일격을 날렸다.

반짝거리는 얇은 핑크색 원피스에 은색 뮬을 신은 우다가 내지른 폭력행위는 그야말로 잔혹한 여신의 발광 같았다. 나는 나가뻗은 중학생 옆에 주저앉았다.

다음 순간 중학생 세 명이 모모의 화려한 연속 돌려차기에 사이좋게 나란히 돌멩이 위로 쓰러졌다.

정신을 차리고 보니 주위는 컴컴해져 있었다. 강변에 즐비한 맨션 창에도 차례차례 불이 켜진다.

널브러진 나를 내버려두고 모모는 기절한 중학생들을 차례로 둑으로 끌어올렸다. 모모는 엎어져 있는 보트를 들어올려서는 친절하게도 그 아래에 한 명씩 집어넣었다. 중학생 네 명은 흡혈귀처럼 보트라는 타원형 관 뚜껑을 덮어쓰게 되었다.

모모가 작업하는 동안 우다는 주워온 돌을 강에 던져 물수제비뜨기를 뜨며 놀고 있었다.

우다를 데리러 돌아온 모모는 "저 녀석들, 눈 뜨면 캄캄해서 분명히 울 거야" 하고 웃었다.

"씻어줄게. 가자."

모모는 그렇게 말하고 나서야 나에 대한 생각이 떠오른 것 같았다.

"그러고 보니 너희 집 망가졌지? 오늘 밤 어쩔 거냐?"

"신경 쓰지 마, 모모는 바보니까."

우다가 처음으로 나를 보고 말했다. "너 맞았지? 빨리 냉찜질하지 않으면 퉁퉁 부어서 집에 못 가."

놀라는 바람에 잊고 있던 통증이 또다시 도졌다. 왼쪽 눈 주변으로 열과 무게가 축적되고 있었다. 나는 근처에 있다고 하는 모모의 맨션으로 얌전히 따라갔다. 드디어 모모와 말도 주고받고, 뜻밖에 방까지 가게 되었다. 나는 맞은 탓도 있고 해서 약간 흥분 상태에 빠져, 앞서가는 두 사람을 추월할 듯이 빠른 걸음으로 걸었다.

둑을 올라갈 때 "설마 쟤들 죽진 않겠지?" 하고 묻자, 모모가 대답했다.

"정당방위니까 괜찮아."

그러나 나는 명백히 과잉 공격이라고 생각했기 때문에 불안해졌다.

"정의의 사자에게는 오버란 게 있게 마련."

우다가 웃었다.

몇 십 척의 보트는 재색 무당벌레처럼 어둠 속에서 조용히 늘어서 있었다. 어느 보트 아래에 기절한 중학생이 들어 있는지 트럼프의 신경쇠약놀이(트럼프 놀이의 하나. 카드를 모두 엎어 놓고 두 장 또는 넉 장씩 젖혀 숫자 알아맞히기를 겨루는 놀이. 신경이 조마조마해진다고 하여 이런 이름이 붙었음—옮긴이)처럼 전혀 알 수 없었다.

모모가 사는 맨션은 강에서 역 쪽으로 조금 들어간 곳에 있었다. 4층 건물로, 원래는 흰색이었던 외벽은 비에 맞아 누렇게 얼룩져 있었다.

현관은 열려 있었고, 거실에서는 아리마가 게임을 하고 있었다. 아리마는 들어오는 모모에게 "늦었네" 한 마디만 하고, 내 존재를 아는지 모르는지 이내 손바닥 안의 게임기로 시선을 돌렸다.

집은 주방과 거실 사이에 칸막이가 없는 긴 세로형 구조였다. 거실 바닥에는 얇은 매트가 깔려 있다. 그곳이 모모의 둥지 같았다. 타월이불이 뭉쳐져 있고, 베갯머리에는 어째선지 텔레비전이 누워 있다. 전설과 달리 권총은 놓여 있지 않았다. 벽에는 교복이 걸려 있었다. 교복을 세탁소에 맡긴 흔적은 없다.

거실 테이블은 4인용이었다. 우다는 아리마의 맞은편에

앉았다. 나는 아리마 옆에 앉기로 했다. 아리마는 어떤 아이인지 몰라 싫었지만, 우다 옆에 앉을 수도 없는 노릇. "내 여자한테 왜 가까이 가고 그래!" 하고 모모에게 얻어맞기라도 하면 큰일이다.

모모는 냉동고에서 보냉재를 꺼내더니 타월에 말아서 내게 건넸다.

"고마워."

모모는 그때 처음으로 전등 아래에서 내 얼굴을 제대로 확인한 것 같다.

"아아, 또 너냐! 같은 학교 다니는 녀석이지?"

같은 학교에다 같은 반이기도 한데. 지금까지 그것도 몰랐냐 생각하면서 이름을 말하려고 하자, 모모는 "됐어, 됐어. 어차피 기억도 못 하니까" 하고 거칠게 손을 저었다.

"모모는 내 이름도 기억 못 할걸."

아리마가 말했다. 누군가가 모모에게 얼굴을 맞대고 '모모'라고 말하는 것을 본 것은 그때가 처음이었다.

"마시로. 도리코."

모모코가 점호를 하듯이 아리마와 우다의 이름을 말했다. "그리고 너. 문제없음."

'너'라고 할 때 모모는 나를 가리키며 확인했다.

벌써 8시가 돼가고 있어서 그만 돌아가야 했다.

"역까지 가는 길 아니?"

우다가 물었다. 나는 끄덕였다. 내가 보냉재를 돌려주려고 하자, 모모가 그냥 갖고 가라고 했다.

나는 역까지 가는 동안에도, 전철을 타고 있는 동안에도, 낯익은 역에서 내려 우리 동네까지 버스에 흔들리며 가는 동안에도 기뻐서 마구 소리치고 싶은 것을 간신히 참았다.

보냉재를 갖다 대면 갖다 댈수록 상처는 점점 화끈거리며 희미한 통증을 만들어냈다.

결국 왼쪽 눈언저리가 검붉게 부어올라 엄마를 깜짝 놀라게 만들었다.

나는 다음다음 날, 타월과 보냉재를 돌려주기 위해 학원에서 돌아오는 길에 모모네 집에 들렀다. 집에는 아무도 없었지만 현관은 역시 열린 채로였다. 우다의 원피스가 거실에 걸려 있는 것이 보였다. 나는 입구에다 타월과 보냉재를 두고 돌아왔다.

그 다음 날부터 나의 여름방학은 말할 것도 없이 집과 학원 사이의 왕복이 아니라, 집과 모모네 집 사이의 왕복이 되어버렸다.

나는 새로 얻은 동료들에게 푹 빠져들었다.

동료라고 해도 우리는 물론 밤새 뜨겁게 이야기를 하는 일도 없었고, 한 가지 꿈을 향해 단결하는 법도 없었다. 그렇다고 우다를 둘러싼 연정을 서로 이야기하는 사이에 어느새 우정이 싹텄다는 그런 것도 아니었다.

"야, 도리코 멋있지?"

모모는 부엌에서 생크림 거품을 내면서 내게 물었다. 우다와 아리마는 거실에서 나란히 뒹굴며 텔레비전에서 하는 사극 재방송을 보고 있었다. 제정신이라고는 보이지 않는 가면을 쓴 사무라이가 주절주절 대사를 읊으면서 어둠 속에서 악인들 앞에 모습을 나타냈다.

이 집 텔레비전은 어쩐지 누워서 보기에 좋으라고 옆으로 눕혀놓은 것 같다.

"응."

내가 복숭아 통조림을 따면서 대답했다. "공작처럼 화려하다고 생각해."

모모는 제법 그럴 듯해진 생크림을 버터롤에 낸 칼집에 마구 발랐다.

"바아보. 화려한 공작은 수컷이야."

모모가 말했다. 그런 건 알고 있다. 모모는 뭐랄까, 비유를 모르는 사람이다.

나는 또 "응"이라고 대답하고, 생크림에다 조각낸 복숭아를 꽂았다.

우리 넷은 접시 가득 쌓아올린 수제 프루츠 샌드위치를 먹었다.

"여름방학은 편해서 좋지만 매점의 프루츠 샌드위치를 못 먹는 게 나빠."

모모가 말했다. 모모는 분명 여름방학 숙제가 잔뜩 있다는 것 따위는 전혀 안중에 없을 것이다.

모모는 프루츠 샌드위치의 마지막 한 개를 "너 먹어" 하면서 내게 주었다. 나는 꽤 배가 불렀지만, 뭔가 정말로 모모의 친구가 된 기분이 들어 너무 맛있게 먹었던 걸 기억한다.

줄곧 이렇게 사소한 사건들만 얘기해도 좋다면 힘들지 않다. 그러나 그럴 수 없겠지? 내가 지금 어째서 이곳에 있는지 설명하지 않으면 안 되는 거지?

그럼 이야기하지. 별로 상관없다. 이야기한다고 이제 와서 나를 여기서 쫓아내지도 못할 테고.

강가 모래밭에서 중학생들을 때려 눕혔을 때, 우다는 상황을 정확히 파악한 다음에 폭력으로 사태를 수습하려고 했다. 어째서 우다가 그렇게 강한지 한동안 수수께끼였다.

보통은 상대를 때리려고 생각해도 순식간에 손이 나가지는 않는다. 폭력 자체에 대한 망설임과 보복을 당하면 어떡하나 하는 공포가 있기 때문이다.

싸움에는 익숙함과 순발력이 필요하다. 우다는 폭력을 휘두르는 것에 익숙했고, 기백을 한 주먹에 폭발시키는 기술을 익히고 있었다.

그럼 모모는 어떤가 하면, 이게 또 우다 이상으로 수수께끼였다.

중학생들에게 한 방 먹었을 때, 모모는 당연히 자신을 '정의의 편'이라고 생각했던 건 아닐 것이다. 마지막까지 사정도 잘 몰랐던 것 같고, 흥분 상태라거나 폭력을 휘두르기 위한 육체적 긴박감은 전혀 느껴지지 않았다.

프루츠 샌드위치를 먹을 때와 같은 긴박감만으로 모모는 사람을 아프게 할 줄 알았다.

모모는 다정했지만 잔혹하기도 했다. 관용을 베풀기도 했지만, 성미가 급하고 편협하기도 했다.

슈퍼마켓에 폭죽을 사러 간 적이 있다. 카운터 앞에 줄을 서 있던 노인이 동전을 꺼내는 데 시간이 걸렸다. 손을 부들부들 떨어서 아무리 시간이 흘러도 지갑에서 동전을 꺼내질 못했다. 그걸 본 모모는 옆에서 무서운 기세로 노인의 지갑을 낚아채서 쟁반 위에 동전을 전부 쏟았다.

"여기서 네가 가져가!"

모모가 멍하니 물건 값을 주길 기다리고만 있던 점원에게 소리쳤다. 점원도 나도 노인도 갑작스런 행동과 고성에 얼어버렸다. 가게 안의 손님들 눈이 그 카운터로 몰렸다.

모모의 감시 하에 점원은 주뼛주뼛 쟁반에서 물건 값만큼의 동전을 집고, 모모는 내팽개친 노인의 지갑에 나머지 잔돈을 넣어주었다.

노인은 점점 심해지는 떨림을 간신히 억누르며 비닐봉지에 든 물건을 받아들었다. 겨우 계산 차례가 된 모모는 가급적 그쪽을 보지 않으려고 했다. 나가는 노인에 대해서 이미 깨끗이 잊은 것 같았다.

폭죽을 산 모모는 신이 나서 슈퍼마켓을 나왔다.

"빨리 밤이 되면 좋겠다."

모모가 말했다. 마침 주차장을 가로지르고 있는 아까 그 노인을 추월하려는 순간, 노인은 뒤에서 들려온 모모의 목소리에 놀랐는지 발이 꼬여 고꾸라져버렸다. 모모는 달아오른 아스팔트에 손을 짚고 있는 노인을 본 척도 하지 않았다. 어느 날, 소나기가 쏟아졌다. 모모는 흠뻑 젖은 채 움츠려 있는 새끼고양이를 주워서 맨션에 데리고 왔다.

젖은 털을 타월로 닦고 전자레인지에 데운 우유를 먹이자 새끼고양이는 건강해져서 방 안을 마구 뛰어다녔다. 모모는 마음대로 하도록 내버려두었지만, 비가 그치고 노을이 지자 새끼고양이를 4층 창에서 던져버렸다.

"밑에까지 내려가기 귀찮아."

새끼고양이는 공중에서 몇 바퀴 돌며 떨어져서 맨션 단지 안에 있는 자전거 보관대의 함석지붕에 착지했다. 새끼고양이는 비틀거리면서 가녀리고 불쌍한 소리를 내며 울었다. 나는 참을 수가 없어 모모의 집에서 나오자마자 함석지붕에 올라가 새끼고양이를 안아주었다.

모모와 우다와 아리마와 나는 저녁 산책 겸 다마강 둑을 걸었던 적이 있다.

사나워 보이는 덩치가 커다란 검은 개가 우리 쪽으로 돌진해왔다. 고리는 있었지만 줄은 없었다. 주인으로 보이는 중년 남자가 모래밭에서 희미하게 미소를 띠면서 성의 없이 개 이름을 불렀다. "어이, 안 되지, 이리 와."

매너 없는 주인이 자기 개가 보행자를 위협하는 것을 즐기고 있다는 소문은 맨션 내에서 주부들이 수군거리는 얘기나 모래밭에서 야구를 하는 초등학생들의 대화를 들어서 알고는 있었다.

아리마는 개를 싫어하는지 이내 몸을 돌려 둑 위로 도망치기 시작했다. 달아나는 자를 보면 좇는 습성이 있는지라 개는 신이 난 듯 우리 쪽으로 달려왔다. 속도가 점점 빨라졌다.

아리마가 당황하는 모습을 처음 보긴 했지만 나는 도무지 웃을 수가 없었다. 물리면 어떡하나 하는 두려움에 다리가 얼어붙었다. 우다는 평소와 다름없이 모모와 손을 잡고 있었지만, 모모에게서 불온한 기운을 느꼈는지 그 손을 떼고 한 걸음 물러섰다.

모모는 우리를 향해 돌진해오는 개를 시시하다는 듯이 기다리고 있었다. 거친 숨을 토하며 낮게 으르렁거리는 개의 입에서는 핑크색의 얇은 혀가 늘어져 있고, 하얗게 반짝이는 날카로운 이빨도 보였다.

모모가 덤벼드는 개에게 아무런 주저도 없이 자신의 왼쪽 팔을 물게 했다. 그리고 다음 순간 개의 옆구리를 오른손 주먹으로 힘껏 때렸다.

둔탁한 소리가 났다. 개는 둑을 구르며 거품을 뿜고 사지 경련을 일으켰지만, 마지막에 "깽" 하고 구슬프게 짖더니 움직이지 않았다. 주인이 울부짖으면서 옆으로 달려왔다.

"아저씨네 개가 먼저 물었어요."

우다가 조용히 말했다.

주인은 잠자코 있었다. 모모가 왼팔에서 피를 철철 흘리고 있었기 때문이다. 그 이상 자신의 개가 맞아죽은 걸 항의해봐야 아무런 득도 되지 않는다는 걸 깨달은 모양이다.

개와 주인은 상대를 잘못 만났다고밖에 할 수 없다.

모모는 위험에 직면해도 방어 태세를 갖춘 예가 없다. 모모에게는 불안과 공포라는 개념이 없었다.

대부분의 사람은 이성과 상식으로 감정을 제어한다.

나는 모모를 보고 그런 생각을 한 적이 있다. 감정이라는 것은 이성에 따라 생겨나는 거라고.

이성과 상식이 모호한 모모에게는 감정 역시 모호하게 존재했다.

모모는 쉽게 뜨거워지지도 차가워지지도 않는 마음을 가지고 있었다. 그때그때 자신의 마음에만 충실하게 행동할 뿐이다. 이유가 될 만한 감정은 아무것도 없는 채로.

"오래 살고 싶어." 모모는 어느 날 문득 그런 말을 한 적이 있다.

"그렇지만 오래 못 살 것 같은 예감이 들어. 할머니도 곧잘 그런 말을 했어. 네 애비도 변변찮은 인간이라서 일찍 죽었다만, 너도 분명 서른까지밖에 못 살 거라고."

나라는 놈은 굵고 짧게 사는 것이 어울리지, 하고 야쿠자처럼 폼 잡는 것도 아니었다. 뜬금없이 이런 말을 꺼내다니 내가 미쳤나하고 쑥스러워하지도 않았다. "이대로 가면 지구는 점점 뜨거워져서 남쪽의 작은 섬은 바다에 잠기게 된대. 그렇지만 어쩔 수 없지"하고 남의 일인 양 대수롭잖게 이야기하는 분위기였다.

개 사건이 있고나서 얼마 후, 우다가 나와 아리마에게 말했다.

"그때 손을 놓지 않았더라면 모모는 내 팔도 함께 개 앞에 내밀었을 거야. 개가 내 팔을 물지도 모른다는 사실은 전혀 생각하지 않고."

그럴 리 없다고는 말할 수 없었다. 나는 그저 "모모는 우다를 좋아해"라고만 말했다.

"그렇겠지."

우다는 어깨를 조금 으쓱했다. "하지만 개의 움직임을 멈추기 위해 입에 물릴 것이 필요하다고 판단되면, 역시 모모는 내 팔이라도 전혀 상관하지 않았을 거야."

아리마는 잠자코 있었다. 눈길은 펼쳐진 잡지에 가 있었지만, 우다와 같은 생각을 하고 있는 게 분명했다.

"모모의 애정, 모모의 충동. 모모의 분노, 모모의 기쁨.

이 모든 게 모모 속에서는 전부 하나가 되어서 나는 가끔 구분을 할 수가 없어."

모모는 누군가에게서 걸려오는 전화를 받으면 바로 외출했다. 두세 시간 지나 돌아오면 온통 긁힌 자국투성이였다. 타박상을 입고 올 때도 많았다.

우다와 아리마의 대화로 모모가 싸움판에 도우미를 하고 있구나 추측했다. 모모는 아마도 사람을 때리고 차고 해서 용돈을 버는 것 같다. 아무리 전설로 채색되어 있다고 해도, 한낱 고등학생에게 대체 어떤 세계에서 폭력을 의뢰하고 사주하는 것일까. 짐작도 가지 않았다.

"그건 뭐 여러 가지지."

우다가 말했다. "고등학생끼리의 세력 싸움이나 뒤가 구린 돈을 뜯어내거나. 모모도 평소에는 거절하는 것 같던데, 방학 중에는 심심하니까 하나봐."

"모모는 이 집에서 혼자 살아?"

내가 거듭 묻자, 아리마가 한심하다는 듯이 중얼거렸다.

"보면 모르냐."

집은 원래 모모네 어머니의 것이었다고 한다. 다만 모모는 어머니의 얼굴을 모른다. 아버지는 없다고 한다. 모모는 이 집에서 할머니와 살고 있었지만, 할머니도 모모가 중학생 때 돌아가셔서 그 후부터 혼자 생활한다.

"그러면 생활비는? 싸움하는 걸 돕는 일이 그렇게 돈이 돼?"

"본인에게 물어봐."

아리마가 말했다.

"무슨 얘기야?"

부엌에서 모모의 목소리가 나서 거실에 있던 나는 얼른 돌아보았다. 소리도 없이 돌아온 모모가 부엌 싱크대에서 기운차게 세수를 하고 있었다.

그날 모모는 상처가 없었다.

"무슨 얘기 하고 있었던 거야?"

조금 전까지 하던 얘기를 들었으면서 굳이 더 알려고 하진 않았다. 모모는 돌아오면 부재중의 시간을 메우려는 듯이 대화에 끼고 싶어 한다.

"별 거 아냐. 그만 가보려고."

아리마가 일어섰다. 나도 황급히 "그럼, 나도" 하고 아리마를 따라 현관으로 향했다. 방에 모모와 우다와 내가 남아 있으면 나는 훼방꾼밖에 되지 않기 때문이다.

낡은 엘리베이터가 건들건들 4층까지 올라오기를 기다린다. 아리마는 같은 맨션에 있는 자기 집으로 계단을 이용해

내려갔다. 잘 가라는 인사도 없이 평소처럼 쌀쌀맞은 태도였다.

엄마는 드디어 내가 여름방학 교습을 땡땡이치고 있는 것을 알게 되었다. 출석표 대신인 출석 카드를 줄곧 찍지 않은 탓에 학원에서 연락이 온 것이다.

"넌 매일 어딜 다니는 거니?"

당연히 엄마는 무섭게 화를 냈다. 무릎을 꿇고 두 시간에 걸쳐 설교를 들었다. 눈앞에 있는 설교거리가 다 떨어져도 아직 분노가 사그라지지 않으니까, 엄마는 점점 과거로 거슬러 올라가 나의 악행을 늘어놓기 시작했다.

애초에 중학교 때 좀 더 열심히 했더라면 지금보다 한 단계 높은 고등학교에 들어갔을 거 아니냐. 엄마가 그만큼 말했는데도 너는 공부를 하나도 안 하고. 지금은 주변에 휩쓸려 빈둥빈둥 놀기만 하고 앉아서는. 초등학교 때부터 담임 선생님은 너를 '끈기가 없는 아이'라고 했지. 엄마는 그때마다 그렇지 않아, 하면 잘 하는 애야라고 속으로 늘 반론했다. 그런데 너는……. 학원은 공짜로 다니냐? 아버지가 매일 아침부터 밤까지 일하는 덕분에 너도 이 집에 살고 용돈도 받을 수 있는 거 아니냐. 앞으로의 일을 생각해서 행동해. 그러고 보니 넌 유치원 때도 나중 일은 생각하지 않고 달리는 차에 부딪힌 적이 있었어. 부모를 그렇게 걱정시켜서 대체 뭐가 되려고 그러니? 네가 태어날 때 엄마는 열네 시간이나 진통을 견뎠다고.

그 후로도, 수정란이 착상한 순간까지 이야기가 거슬러 올라가는 게 아닐까 싶을 만큼 엄마의 설교는 끝없이 이어졌다. 나는 그동안 "응"이니 "미안"이니 적당하게 맞장구를 치면서 모모는 참 좋겠다는 생각을 하고 있었다.

시끄럽게 잔소리하는 사람도 없고, 매일매일 마음 내키는 대로 살고 있다. 확실히 모모는 무슨 말이든 액면 그대로 받아들일 만큼 머리가 나쁘긴 하지만, 아주 어른스럽고 믿음직하다. 어쩌면 매일 메뉴와 날씨와 자식 교육에만 신경을 곤두세우는 엄마와 묵묵히 회사와 집을 오가는 아버지보다 훨씬.

나는 부러움과 초조함이 뒤섞인 기분이었다.

이야기가 좀처럼 핵심까지 가지 않죠? 이야기를 하는 동안 꼴사나운 변명이나 용서를 구걸하는 비굴함이 단번에 분출되면 어떡하나 걱정되어서입니다.

이 디스크는 어느 정도 녹음할 수 있는 건가요? 오호, 그렇게나요. 그래도 부족하다고 하는 사람도 있습니까? ……

하하하, 나한테는 그렇게까지 시간을 들여서 하고 싶은 이야기가 없는데.

아무리 '인류의 생활에 대한 기록'이라는 이름이 붙어 있다 해도 실제로 디스크에 녹음해야 하는 사항은 한 가지. 그렇죠?

어째서 내가 로켓을 타게 되었나.

나는 엄마한테 혼난 후에도 질리지 않고 모모네 집으로 놀러갔다. 엄마는 내가 학원을 땡땡이치고 어디서 무엇을 하는지, 분명 의심과 불안을 품고 있었을 것이다. 여름방학의 대부분을 모모와 보낸 것을 친한 학교 친구는 물론 누구한테도 말하지 않았기 때문이다.

모모네 집에 모인 우리는 특별히 뭔가를 하는 것도 없이 마냥 빈둥거렸다. 낮에는 에어컨을 빵빵하게 틀어놓고, 저녁에는 줄지어선 맨션과 주택 사이로 빠져나온 희미한 강바람을 맞아들이기 위해 창을 열어놓고.

모모는 곧잘 헤드폰으로 음악을 들었다. 이어폰에서 새어나오는 소리와 방 여기저기에 흩어진 CD 케이스로 보아 듣는 음악이 의외로 베토벤이나 바그너 교향곡이란 걸 알았다.

"내 머리 속에는 말이지."

모모가 말했다. "항상 음악이 흘러. 어릴 적부터 늘 그랬어. 여러 악기 소리, 여러 사람의 소리가 포개진 아주 예쁜 소리가 말이다. '이거 뭐지?' 하고 줄곧 궁금해 했는데, 누구한테 물을 수도 없었어. 무진장 복잡해서 도저히 내 입으로는 설명할 수 없을 정도의 소리 덩어리여서 말이야. 그런데 중딩 때 CD가게 앞을 지나는데, 비슷한 음악이 흘러나오는 거야. 점원한테 '이거 무슨 음악이야?' 하고 물었더니, '클래식'이라 하더라고. 그때부터 그냥 듣게 됐어."

모모가 중학교 때까지 클래식의 존재를 몰랐다는 것은 놀랄 일도 아니다. 음악 시간에 어차피 출석을 하지 않았을 테니까.

"대단하다."

내가 감탄해서 말했다. "작곡가도 될 수 있겠어."

"무리야. 난 악보를 쓸줄 몰라."

"머릿속으로 음악이 흐른다면 CD를 듣지 않아도 되잖아?"

우다가 말했다.

"쉴 새 없이 머릿속에서 음이 흐르면 시끄러워서 견딜 수 없어. 다른 소리로 지워버려야 해."

모모가 책상다리를 하고 앉아 대답하며 또 헤드폰으로 귀를 막았다.

모모가 수업 중에 멍하니 허공의 한점을 보는 일이 많은 것은 혹시 머릿속 자신만의 음악을 듣고 있기 때문일까?

아리마는 대화에는 거의 끼지 않고, 게임을 하거나 텔레비전을 켜놓은 채 만화잡지를 읽었다.

나는 거실 테이블에 공책을 펴놓고 여름방학 숙제를 할 때가 많았다. 내 손이 장시간 멈춰 있으면 우다가 옆에서 틀린 걸 지적해주거나 답을 가르쳐주기도 했다. 우다는 공부를 아주 잘한다. 나는 어릴 때부터 고집이 세고 똑똑한 여자아이에게 여러 모로 보살핌을 받는 캐릭터였다.

우다는 내 옆에서 숙제를 봐주면서 손톱, 발톱에 매니큐어를 발랐다. 밀폐된 방에 달콤하고 자극적인 신나 냄새가 가득 찼다.

"냄새 나!"

모모가 헤드폰을 벗으며 소리친다. "부탁이니 베란다에서 좀 해."

"덥기도 하고 살이 타서 싫어."

우다가 말한다.

결국 모모와 우다는 둘이서 베란다로 나가기로 결론을

내렸다. 모모가 받쳐주는 검은 우산 그늘에서 우다는 매니큐어를 마저 발랐다.

"사이좋네."

아리마에게 말했다. 아리마는 베란다를 흘끗 보더니 "흥" 하고 대답인지 콧김인지 모를 소리를 흘렸다.

"확실히 우다에게는 지금까지 만나던 여자한테 대하던 것과는 다르긴 하네."

"어떻게 다른데?"

"본인한테 물어봐."

나는 하여간 아리마하고는 궁합이 맞지 않았다.

우리는 해가 진 후 가끔씩 함께 놀러나갈 때도 있었다.

강 너머 산 위에 있는 유원지는 여름방학 동안만큼은 야간에도 영업을 했다. 넓은 잔디 광장에 반딧불이가 날아다녔다. 나는 황록색으로 빛나는 그 작은 빛을 태어나서 처음 보았다. 깜빡거릴 때마다 맑은 금속음이 들려오는 듯한 그런 빛이었다.

주위에 있는 많은 커플도 나도 목구멍으로 환성을 삼키며 신기한 리듬으로 천천히 어둠을 가르는 빛줄기를 지켜보았다. 하지만 아리마가 큰 소리로 분위기를 깼다.

"사체에서 나오는 인광이 저것과 닮았지."

평소에는 방구석에서 중얼거리기만 하는 주제에.

대학생으로 보이는 남녀가 분위기를 못 맞추는 아리마를 재수 없다는 듯이 쳐다보며 우리 옆을 떠났다. 우다가 말했다.

"여긴 정말 살육의 현장이네. 물기 없는 곳에 반딧불이를 풀어놓은 거니까."

마치 "어제 저녁에 나온 소고기는 좀 심줄이 질겼어"라는 말이라도 하듯이 전혀 감정이 실리지 않은 어조로 상황을 논평했다. 모모는 꼼짝도 하지 않고 밤의 광장에 서 있었다.

그때 퍼뜩 느낀 외로움은 지금도 기억난다. 아주 맛있는 요리를 다 먹어버렸을 때와 같은, 충실과 허무가 표리일체가 된 감각.

함께 아름다운 광경을 보는 우리는 '같은 외로움을 느끼고 있다'는 한 가지 사실밖에 연결되는 고리가 없다. 사고와 논리를 초월한 압도적인 실감으로 그렇게 깨닫는 순간이었다. 그 어쩔 줄 모를 고독감과 희미하게 존재하는 짜릿한 연대감이 내 감정을 극도로 고양시켰다.

누군가와 이어지는 수단이 자신의, 그리고 상대의 외로움을 느끼는 것밖에 없다니.

마음이란 얼마나 모순된 구조로 움직이는 것인지.

어슴푸레한 빛의 난무 속에서 모모의 뇌 속에 흐르는 음악은 웅장한 것이었을까? 슬픈 것이었을까? 아무리 그걸 알고 싶어도 이젠 두 번 다시 모모에게 물을 수가 없다.

우리는 멀리 떨어져 버렸기 때문에.

8월에 들어서자 더위도 적당히 포기가 됐다.

텔레비전에서 한낮의 와이드 쇼를 보고 있던 우다가 "저기 가고 싶어" 하면서 텔레비전 화면을 가리켰다. 신참 캐스터가 불안하게 읽고 있는 내용은, 긴자 보석 가게에서 선전을 위해 아이 주먹만 한 다이아몬드를 공개했다는 화제였다.

화면에 나온 가게는 양쪽으로 열리는 유리문에 벽과 기둥은 거짓말처럼 희디흰 색으로 칠해져 있었다. 나는 이웃에 사는 여자아이가 옛날에 갖고 있던 인형집과 닮았다고 생각했다.

우다는 다이아몬드에 흥미가 있어 보이지도 않았는데, 갑자기 왜 그랬던 걸까? 다이아몬드 따위 "우와, 크네" 하고 텔레비전에서 보는 걸로 충분할 텐데 더운 날씨에 굳이 갈 것까지야 없지 않은가.

아리마도 그렇게 생각했는지 "가든가" 하고 평소처럼 쌀쌀맞게 말했다. 하지만 모모가 조용히 웃으며 말했다.

"좋아, 가자." 모모가 드물게 짓는 미소는 이해할 수 없는 폭력과 마찬가지로 사람을 따르게 했다. 그래서 우리는 전철을 갈아타고 그 보석가게에 가게 되었다.

여름 오후의 긴자에는 샐러리맨, 쇼핑객, 단체 여행 온 아줌마 등, 온갖 목적으로 온 사람들이 모여 있었다. 거대한 건물 옥상에서는 내부를 차게 식힌 후의 침전물 같은 열기가 천천히 내려온다. 차도에는 배기가스가 아지랑이가 되어 밀려든다. 어디로도 도망칠 곳 없는 열의 포위망이다. 하지만 보도를 걷는 사람들은 즐거운 표정으로 자신의 목적지로 흘러가는 파도를 능숙하게 탔다.

우리는 큰길을 따라 1가 쪽으로 걸었다. 이윽고 텔레비전에서 본 보석가게가 나타났다. 햇빛 아래 보는 그 건물은 점점 플라스틱 같은 건전함을 드러내며, 괴수가 지나가서 긴자가 불바다가 되어도 이것만큼은 그을음 하나 없이 새하얗겠지 하는 생각을 들게 했다.

텔레비전에서 소개했는데도 얼핏 보기에 가게에 들어가는 손님은 한 사람도 없었다. 그 이유는 모모를 선두로 양쪽으로 열리는 유리문을 밀고 들어가자마자 이내 드러났다.

고등학생도 살 수 있는 은제품 따위는 취급하지 않는 엄청나게 비싼 가게였다.

들어가니 로비의 천장은 2층까지 뚫려 있고 호텔 프런트 같은 안내 데스크가 있었다. 어째서 보석가게에 안내 데스크가 있는지 알 수 없었다. 안내 데스크에 있던 검은 양복 차림의 노인도 어째서 평상복을 입은 고등학생이 네 명이나 가게를 찾아왔는지 이해가 가지 않았을 것이다.

"어서 오십시오."

노인은 예의바르게 인사를 건넸다. 내가 "집사가 있어" 하고 중얼거리자, 아리마는 "바보 같네" 하면서 연극 같은 동작과 인테리어를 비웃었다.

"어떤 걸 찾으십니까?"

노인은 모모와 우다를 향해 물었다. 주도권을 쥔 사람이 누군지 정확하게 알아보았다.

"구경만 하러 왔어요. 안 돼요?"

우다가 물었다. "아닙니다." 노인이 커다란 검은색의 안내 데스크를 가리키며 말했다.

"그럼 대표 분만이라도 괜찮으니 이름과 연락처를 기입해 주십시오."

완전히 호텔이다. 모모가 주눅 드는 빛도 없이 성큼성큼 가서 노인에게 금색 펜을 받아들었다.

"도리코, 뭐가 보고 싶어?"

모모가 지저분한 글씨로 주소를 휘갈겨 쓰면서 물었다. 용지에는 '오늘 구입하고 싶은 물건'이라는 항목이 있었다. 반지니 목걸이니 팔찌 같은 것에 체크를 해야 하는 모양이었다.

"목걸이."

우다가 대답했다.

모모가 다 쓴 종이를 노인에게 건네자, 노인은 양복 소맷 자락에 꽂고 있던 핀에다 대고 말했다. "네 분 가십니다. 목 걸이를 중심으로 안내해주십시오." 그때까지 미처 발견하지 못했는데, 노인의 귀에는 이어폰이 꽂혀 있었다. 2층 매장과 연락을 주고받는 것 같았다.

"천천히 보십시오."

노인이 말했다. 2층에서 심플한 검은색 원피스를 입은 여자가 내려와서 말했다.

"이쪽입니다."

그녀는 손님이 고등학생이라는 사실에 좀 놀란 것 같았지만, 이내 부드럽고 아름다운 영업용 미소를 지었다. 훌륭한 프로 근성이다.

우리는 그녀의 안내로 벽을 따라 반 바퀴 돌듯이 우아한

곡선을 그리는, 빨간 주단이 깔린 계단을 올라갔다. 나는 계단 중간쯤에서야 천장에 크리스털 샹들리에가 드리워져 있는 걸 발견했다.

2층 매장 바닥에는 발목까지 빠질 것처럼 푹신푹신한 갈색 주단이 깔려 있었다. 안내 데스크까지 맞이하러 온 사람과 똑같은 차림의 여자 둘이 우리를 기다리고 있었다. 여자들은 나란히 "어서 오십시오" 하면서 같은 각도로 허리를 굽혔다.

매장은 어두컴컴했다. 보석이 진열된 좁고 긴 진열대만이 푸르스름한 빛을 띠고 있었다. 계단이 끝나는 곳에 따로 마련된 커다란 강화유리 케이스가 있고, 그 옆에는 건장한 경호원이 서 있었다. 텔레비전에서 본 거대한 다이아몬드는 바로 그 속의 빨간 벨벳 위에 자리 잡고 있었다.

우리는 먼저 그것을 찬찬히 바라보았다. 진짜라고는 생각할 수 없을 만큼 컸다. 거대한 다이아몬드에 가격표는 붙어 있지 않았다. 약간의 노란 기운을 내부에 띄우며 조용히 케이스 안에 들어 있었다.

다음으로 우리는 매장에서 흩어져 각기 목걸이와 반지 진열대를 들여다보기 시작했다. 한결같이 거대한 다이아몬드의 100분의 1 크기도 안 되지만, 투명도나 광채는 작은 다이아몬드 쪽이 훨씬 대단했다. 지구상에서 가장 단단한 보석은 정교한 백금 사슬과 대좌에 떨어진 별 부스러기처럼 끊어질 듯 차가운 빛을 발했다. 여기에 비하면 거대 다이아몬드 따위는 무능하고 둔중한 왕 같았다.

작은 다이아몬드는 모모에게 잘 어울렸다. 터무니없는 고가이고, 있으나 없으나 살아가는 데는 지장이 없지만, 그 반짝거림에 넋을 잃는 사람이 많다. 사실은 사자死者의 뼈로도 만들 수 있을 것 같은 단순한 물질인데.

점원들은 우리한테 상품을 권해봐야 별 볼 일 없다고 처음부터 포기하고 있었을 것이다. 멀리서 감시하듯이 지켜보기만 할 뿐 말을 걸어오지는 않았다.

대충 진열대를 한 바퀴 돌아본 뒤, 우리는 또 거대 다이아몬드 앞으로 돌아갔다. 이번에는 점원이 웃는 얼굴로 다가와서 다이아몬드의 내력을 설명했다. 언제 시베리아에서 캐낸 것이며 지금까지 어떤 왕후 귀족의 손을 거쳐 왔는지. 지금은 어떤 박물관이 소장하고 있어서, 대여하여 일반에게 공개하는 것이 얼마나 어려웠는지.

우다가 그 말을 가로막듯이 말했다.

"다이아몬드를 삼키고 자살한 사람 이야기 들어본 적 있어요?"

"예?" 점원이 그때만큼은 영업용이 아니라 솔직한 감정이 담긴 소리로 되묻자, 직립부동으로 서 있던 경호원이 재미있어하며 시선만 우리 쪽으로 보냈다.

"아뇨, 없습니다."

그녀가 원래대로 돌아가 조신하게 대답했다.

"이렇게 큰 건 아무리 그래도 못 삼킬 거야."

아리마가 말했다. 우다가 "그러게" 하고 웃으며 모모를 보았다.

"살 만한 거 있었어?"

"내기 마작을 50번 해도 무리야."

"그럼 돌아가자."

우리는 쫄래쫄래 계단을 내려와서 노인에게 배웅을 받으며 바깥으로 나왔다. 열기와 소음이 다시 눈앞에서 움직이기 시작한다.

"모모는 마작도 잘 해?"

나는 옆에서 걸어가는 아리마에게 물었다.

"아주 잘하진 않아."

아리마는 앞장서서 가는 모모와 우다를 보면서 대답했다. "다만 모모와 몇 번 하다 보면 어느새 지는 횟수가 많아져. 적당한 때를 봐서 모모가 말하지. '슬슬 정산하자. 일당 잘 주는 일 알고 있는데' 하고."

　모모도 형식적으로는 같이 어울려 땀을 흘리지만, 요컨대 노동력 알선료로 동료의 임금을 뜯는다. 누구도 손해를 보지 않고 득도 보지 않는 명랑한 내기 마작이지만, 실태는 창녀들 놀음처럼 쩨쩨하고 교활하다.

　나쁜 쪽으로는 머리가 잘 돌아가는 모모의 등을 반쯤 어이없어하며, 반쯤 감탄하며 나도 쳐다보았다. 손을 잡은 모모와 우다는 곤궁에 빠진 국민에게 시선조차 주지 않는 국왕 부처 같은 발걸음으로 혼잡한 거리를 앞만 보며 걸어갔다.

　그 다음 날 우다는 거실 테이블에 앉아 있는 우리에게 선언했다.

　"나는 빼앗긴 것을 되찾기로 했어."

　너무나도 갑작스러워서, 아리마는 잡지를 넘기면서 "흠" 하고 건성으로 대답하고, 나는 마침 하고 있던 영작문 숙제에 그런 문장이 있는가 하고 급히 공책을 훑어보았다.

　"결정했냐?"

　모모만이 확인인지 혼잣말인지 모를 말을 중얼거렸다.

　"결정했어."

　"대신할 다이아몬드가 없는데?"

229

"되찾을 거라고 했잖아. 교환할 필요는 없어."

"알겠다. 그럼 해볼까."

도통 무슨 소린지 모르겠다. 나와 아리마는 모모와 우다의 대화에 필사적으로 귀를 기울였다. "우리하고는 관계없는 이야기 같네"하는 태도를 가장하면서. 뭔지 모르게 나쁜 쪽으로 일이 진행될 것 같은 예감이 들어서 "잠깐만, 무슨 얘기야?"하고 묻는 것만은 피했다.

하지만 소용없었다. 모모와 우다가 거실에서 이야기를 꺼낸 것은 처음부터 나와 아리마를 끌어들일 속셈이었기 때문이다.

모모는 예의 미소를 지으며 말했다.

"지금부터 다이아몬드를 훔치러 가자."

아리마는 싫은 표정을 짓고, 나는 너무 놀라서 대답을 못하고 있자, 모모가 거실 테이블 아래로 우리의 발을 가볍게 찼다. "너희들한테 한 말이야."

"훔치다니, 어디서? 설마 긴자의 그 가게?"

내가 머뭇머뭇 묻자 우다가 아니라고 했다.

"어째서 다이아를 훔쳐야 하는 거야?"

아리마가 불평했다. "갖고 싶으면 사서 갖다 바칠 아저씨나 하나 사귀면 되잖아."

230

"싫어."

우다는 이번에는 아리마 쪽을 돌아보았다. "내가 갖고 싶은 다이아몬드는 이 세상에서 한 개뿐이야. 우리 아버지 애인이 갖고 있는 다이아몬드. 네 제안을 받아들이자면, 난 우리 아버지와 사귈 수밖에 없겠군."

도무지 무슨 말인지 모르겠지요? 같이 있던 나도 몰랐습니다. 그래도 우리는 다이아몬드를 훔치게 되었습니다. 다이아몬드를 훔친다고 해도 금방은 실감이 나지 않았지만, 2주일 동안 주도면밀한 사전조사와 준비를 해서, 태풍이 부는 날 아침에 실행에 옮겼습니다.

지금 생각하면 확실히 미쳤던 것 같습니다. 그러나 우리는 아직 고등학생이고, 게다가 내게는 모모가 아주 특별해 보였습니다. 아리마에게는 나 이상으로 모모의 존재가 소중했겠지요. 나는 아리마가 같은 학년 친구와 있는 것을 본 적이 없습니다.

요컨대 모모에게 '쓸모없는 놈'으로 찍히는 것은 나나 아리마에게 아주 불안하고 무서운 일이었던 겁니다.

모모가 "하자"고 한 것을 따르는 데는 결국 이유가 필요 없었습니다.

이런 감각, 아세요?

아마 어리석은 사랑이나 맹목적인 신앙에 가까울 겁니다. 상대에게서 내 모습을 찾아내고자 하는 것처럼.

그리고 우다는 우리와는 또 다른 형태로 모모와 맺어져 있었습니다.

여자의 이름은 기지마 사쿠라라고 했다.

우리 동네에서 다마강 쪽으로 조금 내려가면 전철이 달리는 선로가 지나가는데, 기지마 사쿠라의 맨션은 그 선로변에 있었다. 바깥 벽을 빨간 벽돌처럼 보이는 타일로 치장한 8층 건물로, 주변 건물들도 모두 세련된 외관을 가졌다.

기지마 사쿠라는 그 맨션의 5층에 살고 있었다. 우다의 아버지가 마련해준 것 같다.

기지마 사쿠라는 목요일과 토요일에는 시부야에 있는 작은 바에 얼굴을 내밀었다. 이곳도 우다의 아버지가 출자한 가게로 기지마 사쿠라가 심심풀이로 경영하는 것이었다.

그래도 바깥에 나가는 일이 기분전환이 되는지 기지마 사쿠라는 가게에 얼굴을 내미는 날에는 특히 꼼꼼하게 화장을 하는 것 같았다. 데리러 온 차를 타고 밤 11시 넘어 맨션을 출발한다. 가게에서 바텐더나 손님과 이야기를 나누기도 하고, 셰이크를 흔드는 시늉도 하면서 아침 5시 정도가 되어서야 돌아온다.

기지마 사쿠라에 대한 기본 정보는 우다가 제공했다. 하루하루의 구체적인 행동에 대해서는 아리마가 조사했다. 모모에게 기지마 사쿠라를 미행하라는 명령을 받은 아리마는 충실하게 임무를 수행했다.

아리마는 먼저 아지트를 정했다. 기지마 사쿠라가 사는 맨션 옆 건물 옥상이다. 6층 건물로 1층은 세탁소, 2층은 렌털숍, 3층에서 5층까지는 작은 회사 사무실, 제일 위층에는 빌딩 소유주로 보이는 귀가 먼 노부부가 살고 있었다. 아리마는 그 빌딩 옥상으로 침낭을 가져갔다. 그리고 바로 대각선 아래로 보이는 기지마 사쿠라의 방 창문과 현관문을 밤낮없이 관찰했다.

내 역할은 옥상에 있는 아리마에게 편의점에서 산 도시락을 배달하는 것이었다. 계단참 그늘에 자기 자리를 만든 아리마는 기지마 사쿠라의 방 쪽을 흘끗흘끗 보면서 평소와 마찬가지로 게임을 하고 있었다.

"뭐 색다른 것 있었어?"

물으면 아리마는 "없어"라고 대답한다. 기지마 사쿠라는 밖으로 혼자 나오는 일이 거의 없었다.

"고작해야 아침에 쓰레기 버리러 나오는 정도라고 모모한테 전해."

내가 모모에게 그렇게 전하자 모모는 "쇼핑은?" 하고 물었다.

"옷도 사고 슈퍼에 먹을 것도 사러 나갈 거 아냐. 그걸 체크하라고 마시로한테 전해."

나는 하루에 세 번 정도 다마 강변을 자전거로 왕복했다. 역시 이곳에서도 물건이나 전달 사항을 입에 문 개처럼 누군가의 명령에 따라 '심부름'을 했다.

나도 꽤 볕에 탔지만, 줄곧 옥상에서 직사광선에 노출된 아리마는 마지막에는 태양 흑점처럼 변했다.

"회사 다니는 사람들 아니고는 규칙적인 생활을 안 한단 말이야."

아리마는 모모의 휴대 전화에 전화를 걸어 불평했다. "그야 우다네 아버지가 왔을 때는 함께 나가기도 하지. 하지만 혼자일 때는 방에 틀어박혀 있기만 해. 하루에 세 번 택배가 오는 걸 보니 필요한 건 전부 인터넷 쇼핑으로 사는 것 같아."

저녁 무렵이 되면 아리마는 목욕탕에 간다. 그 동안은 내가 기지마 사쿠라의 동향을 감시한다. 나는 불이 켜진 창을 바라보면서 커튼 너머의 방 안을 상상했다.

기지마 사쿠라는 분명 게을러터진 하루하루를 보내고 있다. 일어나고 싶을 때 일어나서 마음이 내킬 때 인터넷 쇼핑으로 산 식재료로 요리를 해서 먹고, 졸리면 잔다. 우다네 아버지에게 버림받지 않도록 피부 손질이며 체형 관리를 위한 스트레칭 정도는 할지도 모른다. 하지만 나는 구체적인 피부 손질법 따위를 모르니까, 결국 상상 속의 기지마 사쿠라는 잠만 잘 뿐이다.

에어컨을 튼 실내에서 타월이불을 둘둘 만 기지마 사쿠라가 눈을 감고 있다. 하얗고 가느다란 손목과 발목. 우다네 아버지가 찾아올 때까지 기지마 사쿠라는 마치 전지가 다닳은 인형처럼 숨 쉬는 기미도 보이지 않으면서 잠만 잤다.

아리마는 기지마 사쿠라를 감시하는 동안에는 거의 집으로는 돌아가지 않았다. 아리마의 부모는 아들이 평소대로 모모네 집에 죽치고 있을 거라고 생각할 것이다. 설마 남의 빌딩 옥상에서 여자 방을 들여다보고 있을 거라곤 상상도 못 할 테지.

나로 말하자면 매일 꼬박꼬박 집에 돌아갔다. 학원에서 알게 된 아이에게 타임카드를 찍어달라고 부탁해놓았다. 하지만 엄마는 내가 여전히 학원수업을 빼먹고 있다는 사실을 눈치 채고 있는 것 같았다.

그러나 더 이상 아무 말도 하지 않았다. 땡땡이를 친 증거가 없기 때문인지, 잔소리를 할 가치도 없는 아들이라고 포기한 건지, "너를 믿는다"는 태도를 보이면 내가 마음을 고쳐먹을 거라 생각했는지, 아무 말도 하지 않는 이유가 무엇인지는 모르겠다.

우리는 관찰을 시작한 지 2주일이 지나서야 금요일과 일요일 아침밖에 기회가 없다고 결론을 내렸다. 기지마 사쿠라가 시간을 정해놓고 맨션을 출입하는 것은 일주일에 두 번, 가게에 갈 때뿐이라고 아리마가 단언했다.

목요일 밤, 모모는 아는 사람에게 오토바이를 빌려 와서 차를 타고 외출하는 기지마 사쿠라를 미행했다.

모모의 말로는 운전사는 30대쯤 보이는 남자이며, 바 한 구석에서 우론차를 마시면서 기지마 사쿠라가 "가자"라고 할 때까지 대기하고 있다고 한다. 운전사는 이른 아침에 기지마 사쿠라를 맨션까지 데려다준다.

아리마가 옥상에서 본 바로 운전사는 기지마 사쿠라가 현관 체인을 거는 것까지 확인하고서야 돌아갈 만큼 꼼꼼하다고 한다.

"감시역인가? 아빠도 참 그렇게 신뢰하지 못할 여자를 애인으로 삼으니 관두면 될걸. 여자가 어디 가서 바람피우면 운전사도 남아나지 못하겠네."

모모와 아리마의 보고를 들은 우다가 어이없다는 듯이 말했다.

맨션 앞 사람들의 왕래를 감안하여 우리는 일요일 아침에 계획을 결행하기로 했다.

전날 토요일은 아리마도 오랜만에 모모의 방으로 돌아왔다. 텔레비전도 켜지 않고 모두 거실 테이블에 앉아 계획 순서를 확인하며 하루를 보냈다.

그날 저녁은 모모와 우다가 만든 프루츠 샌드위치였다.

아리마는 프루츠 샌드위치를 다 먹자, 기지마 사쿠라가 있는 시부야의 가게로 향했다. 우다는 "외박하면 아버지 잔소리가 심해서" 하고는 집으로 돌아갔다.

"잘 되면 바로 전화해. 아침이라면 집에서 빠져나올 수 있으니까."

자기는 애인을 거느리고 있는 주제에 딸의 외박은 금하다니, 우다네 아버지의 모순이 우습다.

나는 모모네 집에서 잔다고 집에다 연락하지 않았다. "당장 돌아와"라고 말할 게 뻔하기 때문이다. 무단 외박은 처음이었다. 꺼림칙하기도 하고 몹시 자유롭기도 하고, 그런 기분이 들어 안정이 되지 않았다.

나와 모모는 잠깐 눈을 붙이기 위해 날짜가 바뀌기 전에 얼른 자리에 누웠지만 잠이 오지 않았다.

태풍이 가까워지고 있는지 밤이 깊어질수록 창밖에서 바람이 심하게 울기 시작했다.

"저기."

나는 어둠 속에서 옆에 있는 모모에게 조심스레 말을 걸었다. "날씨가 이래서 그 여자 오늘 밤에는 가게에서 일찌감치 맨션으로 돌아오는 거 아닐까. 아리마가 길이 어긋날지도 모르겠어."

그러니까 계획을 연기하지 않을래? 이 말을 하고 싶었다. 계획을 세우고 사전준비를 하고 모모네 집에서 자는 것만으로도 내게는 충분한 사건이었다. 여기다 다이아몬드를 훔치는 엄청난 짓까지 하고 싶지는 않았다. 가능하다면. 하지만 모모는 정반대로 해석했다.

"그것도 그렇군. 그럼 지금부터 여자의 맨션 앞에서 진을 치자."

모모가 벌떡 일어났다.

아주 큰 태풍이 도쿄 상공을 가로지르고 있었다.

모모와 나는 물이 불어난 다마강을 곁눈으로 보면서 훔

친 자전거를 탔다. 그때의 도쿄를 자전거 속도로 이동한 것은 우리하고 태풍 정도였을 것이다. 돌풍을 맞으면서 평소의 배 이상 시간을 들여 간신히 강 하류에 있는 동네에 도착했다.

뜨뜻미지근하고 굵은 빗방울을 철철 맞으면서 15분 정도 보도에 서 있었다. 모퉁이 맞은편에는 기지마 사쿠라가 사는 맨션이 있다. 우리는 그 맨션 입구를 지켜보고 있었다.

"도리코네 엄마는 말이야."

모모가 태평스럽게 말했다.

날이 밝으려면 아직 시간이 있는데다 태풍이 휘몰아쳐서 거리를 다니는 사람은 전혀라고 해도 좋을 정도로 없다.

"도리코가 고등학교에 들어간 뒤 바로 죽었대."

"다이아몬드를 삼키고?"

"응."

"그런 게 가능해?"

"몰라. 내가 도리코에게 들은 건 해부했더니 배에서 다이아몬드가 나왔다는 것. 도리코네 아버지가 그걸 애인인 기지마 사쿠라에게 주었다는 것."

"뭔지 모르지만 장절하네."

"뭐라고?"

소리를 지르지 않으면 바람에 섞여 서로의 목소리를 알아들을 수 없었다.

"우다네 아버지는 뭐하는 사람이야?"

나는 줄곧 궁금해 하던 것을 이참에 물어보기로 했다.

"야쿠자!"

모모가 소리쳤다.

"기노사키파 대장이야, 다야마란 인간."

"하지만 우다하고 성이……."

"도리코는 학교에서 부모가 야쿠자라는 게 알려지는 게 싫다고 외할머니의 양녀가 되기로 했어. 하지만 본처 자식이니 실제로 다야마와 함께 세이조의 대궐 같은 집에 살아."

우리는 야쿠자 애인에게서 다이아를 훔치려고 하는 건가. 어째 영화 같네 하고 웃을 수밖에 없었다.

"우다네 집에 간 적 있어? 그 야쿠자 아버지도 만나봤어?"

"간 적도 만난 적도 없어."

그때 모모의 휴대 전화가 '핀란디아'를 연주했다. "그렇지만 다야마란 이름은 전부터 알고 있어. 내 아버지이기도 한 것 같으니까."

모모는 흠뻑 젖은 손으로 힘들게 청바지 뒷주머니에서 휴대 전화를 빼들었다. 빨래를 한 것처럼 휴대 전화도 물에 푹

젖었다. 통화 기능이 잘도 살아 있다고 생각하면서 전화가 끝나기를 기다렸다.

"아리마야?"

모모가 끄덕였다.

"가게를 나왔대. 평소보다 빠르네. 거리도 한산하고, 일찌 감치 집에서 나오길 잘했다."

모모는 차도를 달려 맨션 앞의 보도로 장소를 옮겼다. 나도 바로 뒤를 좇았다. 그 사이 모모가 한 말의 의미가 간신히 뇌에 도달했다. 경악이 목에서 튀어나왔다.

"잠깐, 모모!"

모모라고 부른 것은 그게 처음이었을 거다. "무슨 말이야, 그게!"

"뭐가!"

모모는 초조한 듯한 목소리로 말했다. 정원수 그늘에 숨으려고 했지만, 가지에 팔이 긁히고 지면이 미끄러운데다 스니커즈가 흙투성이가 되었기 때문이다.

나는 이미 옷을 입은 채 물에 빠진 꼴이어서 더러워지는 것에는 새삼스럽게 신경 쓰지 않았다. 정원수를 헤치고 모모 옆에 쭈그리고 앉았다. 키 작은 나무 위로 눈만 내놓고 맨션 앞 도로를 빈틈없이 망을 보면서 한 번 더 차분하게 모모에게 물었다.

"모모와 우다의 아버지가 같다는 말이야?"

"그럴 가능성이 있다는 거야."

모모는 따분한 듯 구부린 무릎 위에서 턱을 괴었다. "우리 엄마도 다야마의 애인이었어. 그렇지만 할머니 말로는 우리 아버지가 다야마인지 아닌지는 본인도 잘 몰랐대. 말고도 사귀는 남자가 있었나봐."

나는 그렇게 태연한 모모가 왠지 무서웠다.

"혈액형이니 DNA니 하는 걸 조사해서 분명히 해두는 편이 좋지 않을까?"

"어째서?"

"그야……."

전에 체육 비품 창고에서 본 광경이 빗발 너머로 또렷이 떠올랐다. "그야 모모하고 우다는 남매일지도 모르니까…… 안 돼, 그건."

"어째서 남매면 안 되는 거야?"

모모의 머리카락 끝에서 투명한 물방울이 뚝뚝 떨어져서 이제 더 이상 물방울을 튀기지 않는 청바지에 스며들었다. "물론 줄곧 가족으로 살아온 여자와 섹스를 하는 건 변태지."

모모가 강한 어조로 말했다. 그리고는 다시 평소의 태평스런 어조로 돌아왔다. "아, 그리고 보니 나 도리코 생일이 언젠지 모르네. 다음에 물어둬야지. 그러니까 도리코가 동생인지 누나인지 모르겠지만, 어쨌거나 남매로 자란 상대와 섹스하는 건 변태야."

"음, 그러니까……."

모모는 내가 끼어드는 걸 허락하지 않고 말을 계속했다.

"하지만 나는 도리코에 대해 전혀 몰랐어. 모르고 만나서 '좋네' 싶었어. 도리코도 나를 좋다고 생각했대. 그래서 사귀었어. 그 후에 남매일지도 모른다는 걸 눈치 챘지만, 남매가 아닐지도 몰라. 별로 난처한 일 같은 건 없을 거야."

"아이라도 생기면 어떻게 할 거야."

"귀여워하지."

모모는 당연하다는 듯이 대답했다. "나는 부모가 어떻게 해주면 아이가 좋아하는지 알고 있어. 도리코도 그래. 나도 도리코도 부모에게 제대로 된 사랑을 받지 못했으니까. 그래서 우리에게 아이가 생기면 분명 귀여워해줄 거야."

나는 갑자기 슬픔을 느꼈다.

옆에 있는 모모의 얼굴을 보고 싶지 않아서 시선을 하늘로 돌리려 애썼다. 모모가 평소와 다름없는 표정을 짓고 있으리란 건 알고 있었다. 알고 있기 때문에 보고 싶지 않았다.

연막 같은 구름이 천천히 모양을 바꾸면서 바람에 밀려 떠내려간다.

"우다는 알고 있어?"

"몰라. 말할 생각은 없어."

비가 한층 심해졌다. 길 건너편에서 검은 세단이 가까이 다가왔다. 차의 불빛에 비친 비는 마치 굵은 펜으로 휘갈긴 선처럼 보였다.

차가 맨션 앞에서 정지하자, 모모는 언제라도 뛰어나갈 수 있도록 정원수 그늘에서 엉거주춤 허리를 들었다. 나도 따라한다. 줄곧 구부리고 있어서 무릎 안쪽이 아팠다. 달릴 수 있을지 조금 불안해진다.

"모모, 지금도 음악이 들려?"

빗소리에 섞여 들리지 않아도 좋다. 나는 속삭이는 목소리로 물었다.

"들려."

모모는 온화하게 대답했다.

우리는 주머니에 넣어둔 스타킹을 재빨리 뒤집어썼다. 우다가 사온 스타킹이다. 얼굴의 살이 묘한 상태로 압박되어 서로를 보고 "이상해" 하면서 웃었다. 그리고 정원수를 가볍게 뛰어넘어 아스팔트에 생긴 얕은 물웅덩이를 걷어차고 달렸다.

차에서 내린 기지마 사쿠라는 운전사가 받쳐주는 우산을 쓰고 맨션의 유리 현관문을 열려는 참이었다. 기지마 사쿠라와 운전사가 접근하는 물소리를 눈치 채고 돌아보는 것보다도 빨리 모모의 당수가 운전사의 숨골을 쳤다.

우산이 구르고, 검은 양복을 입은 운전사는 소리도 없이 물에 젖은 타일에 주저앉았다. 나는 준비해둔 굵은 매직 꽁무니를 기지마 사쿠라의 등에 들이댔다.

"소리 내지 마. 돌아보지 마. 문 열어."

스스로도 냉정하게 들리는 목소리였다. 스타킹 탓에 말을 하기 힘들어 아무래도 억눌린 목소리가 된다.

매직 따위로 속일 수 있을까 걱정했지만, 기지마 사쿠라는 이쪽의 의도대로 총을 들이민 거라 착각했는지 정말로 겁을 먹고 몹시 떨었다. 하지만 기지마 사쿠라가 공포를 느낀 가장 큰 요인은 모모의 행동이었다고 생각한다.

모모는 쓰러진 운전사의 몸을 담담하게 뒤집어서 이번에는 배에 팔꿈치를 먹였다. 바로 눈을 뜨지 못하도록 하기 위해서였지만, 그래도 좀 지나쳤다. 운전사는 기절한 채 위액을 토했다.

스타킹을 뒤집어쓴 남자가 바로 옆에서 자신의 운전사에게 폭행을 가하면 누구라도 겁을 먹는다. 기지마 사쿠라는 소리도 지르지 못하고 시키는 대로 유리 현관문을 열었다.

나는 오른손에 든 매직으로 그 등을 꾹꾹 밀고, 왼손으로 기지마 사쿠라의 핸드백을 낚아챘다. 틈을 보아 휴대 전화로 신고라도 하면 큰일이다. 백을 내 팔에 걸고 비어 있는 왼손으로 도망치지 못하도록 기지마 사쿠라의 왼쪽 팔을 꽉 잡았다.

현관문은 이중으로 되어 있었다. 문과 문 사이의 공간에 은색 열쇠번호판이 있다. 방문자가 여기서 방 번호를 눌러 인터폰으로 찾아온 취지를 알리면 안에서 문을 열어주는 구조다.

"빨리."

기지마 사쿠라를 재촉했다. 모모는 바로 뒤에서 의식이 없는 운전사를 등에 업고 문이 열리기를 기다리고 있다.

기지마 사쿠라는 부들부들 떨리는 손가락 끝으로 〈501〉을 누르고 이어서 네 자리의 비밀번호를 눌렀다. 〈0324〉.

현관 안쪽 문이 열렸다. 우리는 맨션 안으로 들어가는 데 성공했다.

"무슨 숫자지? 뭔가 특별한 날짜겠지. 기념일인가?"

모모가 상황에 어울리지 않게 쾌활하게 말했다. "당신 생일이나 다야마 생일은 아닌 것 같고. 두 사람이 처음 만난 날? 아니면 처음 한 날? 다야마가 이 맨션을 사준 날? 혹시 첫사랑 남자의 생일? 그렇지만 다야마에게는 '3월 24일은 엄마 생일이에요'라고 말하고."

모모가 계속 지껄였다. 엘리베이터를 타고 5층까지 갔다. 엘리베이터 안에서는 기지마 사쿠라에게 벽을 보게 했다. 기지마 사쿠라는 팔을 조금 당긴 것만으로 줄곧 떨고 있었다. '다야마'라는 말이 나오자, 떨림은 더욱 심해졌다. 파벌 싸움에 말려든 거라고 생각했을 것이다.

501호실의 문을 여는 건 여간 힘들지 않았다. 모모는 두 손을 쓰지 못하고 있다. 여자를 도망치지 못하게 하면서 내가 작업을 할 수밖에 없다.

문 옆의 벽에 기지마 사쿠라를 밀어붙이고 그 등에 온몸의 체중을 실었다. 벽과 나 사이에 끼여 기자마 사쿠라는 미동도 하지 못한다. 다음에 핸드백을 문손잡이에 걸었다. 매직을 왼손에 바꿔 들고, 기지마 사쿠라의 후두부에 눌러댔다. 오른손만으로 손잡이에 걸린 백을 뒤져 안에서 열쇠를 찾아내어 겨우 문을 열었다.

이것은 모두 우다를 상대로 몇 번이나 연습한 순서다. 나는 몸이 바짝 밀착될 때 몹시 긴장했다. 더욱이 모모가 바로 옆에서 감독을 하고 있다.

"허리가 빠졌어. 상대를 더 고정해야지."

우다가 주의를 주면 모모는

"설마 너, 선 건 아니겠지? 너무 붙으면 안 돼."

야단치고 난리가 아니었다.

그러나 그 덕분에 실전은 편하다고 하면 편했다. 기지마 사쿠라에게 아무리 밀어붙여도 모모는 불평을 하지 않았고, 게다가 기지마 사쿠라는 우다만큼 매력적이지 않았기 때문이다.

나는 가까이에서 본 기지마 사쿠라를 20대 중반이라고 추측했다. 분명 다야마는 우리 아버지와 동년배일 테니 그 애인치고는 충분히 젊지만, 우다 같은 아름다움도 탄력도 없었다. 그래서 나는 가슴 떨리는 일 없이 끝낼 수 있었다.

그러는 동안 모모는 운전사를 현관 쪽으로 내팽개치고 나서 문을 잠그고 체인을 걸었다. 그리고 기지마 사쿠라의 팔을 강제로 잡아당겨 거실로 데려왔다. 기지마 사쿠라의 저항을 봉쇄하기 위해 내가 주방에서 찾아온 의자에 억지로 앉혔다. 등받이가 달린 아주 세련된 금속제 의자다. 모모는 멋대로 벽장을 뒤져 노끈을 꺼내 기지마 사쿠라의 손발을 능숙하게 의자에 묶었다. 그리고 수건으로 재갈도 물렸다. 나를 실험 대상으로 하여 갈고닦은 기술이다.

다음에는 운전사를 현관에서 끌고 들어왔다. 기지마 사쿠라 앞에서 양복을 벗겼다. 나도 매직을 바지 허리춤에 감추고 도왔다. 의식이 없는 몸이 흐물거리는 바람에 시간이 좀 걸렸다. 기지마 사쿠라가 덜그럭덜그럭 의자를 흔들었지만 무시했다.

모모는 운전사를 팬티 한 장 차림으로 만들고 난 후 잠시 생각하더니, 결국 그것마저 벗겼다. 무방비하게 구르고 있는 전라의 남자는 어쩌면 세상에서 제일 얼빠져 보이는 물체일지도 모른다.

모모는 운전사를 새우처럼 몸을 꺾어서 묶은 양팔과 양다리를 등 쪽으로 하여 끈으로 둘둘 말았다. 꽤 고통스러운 자세였지만, 운전사는 힘없이 신음할 뿐이었다.

"자."

모모는 몸을 일으켰다. 스타킹을 뒤집어쓴 얼굴을 그대로 기지마 사쿠라에게 갖다댔다. "지금부터 이 남자를 욕조에 처넣는다. 말하는 의미를 알겠지?"

모모가 무엇을 물어도 대답할 리 없는 기지마 사쿠라에게 웃어보였다. 스타킹 아래에 눌린 피부의 움직임으로 보면 분명 웃었다. 하지만 그 웃는 얼굴은 오히려 공포를 부채질하는 걸로 끝났다. 기지마 사쿠라는 눈물과 콧물 범벅이 되어 후, 후 하고 거친 입김을 몰아쉬었다.

"처음부터 욕조에 넣어두면 뒤처리할 때 좋거든. 피며 오물이 튀어도 욕실에서라면 씻어 내리기 편하겠지?"

이거야 완전 흉악 살인범이잖아. 모모는 한기가 들 정도로 뻔뻔하게 다음 말을 계속했다.

"그렇게 울지 마."

부드러운 손놀림으로 기지마 사쿠라의 뺨을 닦았다. "우리도 가능하면 귀찮은 청소 작업하지 않고 끝내고 싶어. 봐, 돼지처럼 뒹굴고 있는 불쌍한 운전사를. 저 녀석을 묶은 것은 금방은 죽일 마음이 없기 때문이야. 전부 당신이 하기 나름이지. 알겠어?"

기지마 사쿠라는 필사적으로 끄덕였다. 이 사람, 참고 있는 오열 때문에 질식하지 않을까 불안해졌다.

그러나 모모는 아랑곳하지 않고 착착 작업을 진행했다. "좋아, 나를까" 하고 나를 재촉하여 우리는 둘이서 운전사를 욕조로 날랐다. 전라인 운전사를 배를 아래로 하고 묶은 손발을 위로 하여 빈 욕조 안에 넣었다.

운전사는 차가운 욕조의 감촉 탓인지 거기서 겨우 의식

을 되찾았다. 자신이 처한 상황을 파악하더니, 옆에 선 우리의 기척을 깨닫고 부자유스런 몸을 비틀면서 괴성을 지른다.

너희들 뭐하는 놈들이야, 이런 짓 하고 무사할 줄 알아! 등등 흔한 협박의 말이었다.

모모가 샤워 꼭지를 틀었다. 욕조 안에 물이 쏟아져 점점 고여 간다. 그래도 계속 소리 지르던 운전사가 드디어 잠잠해졌다. 손발이 같이 묶여 동그랗게 되어 있는 운전사는 스스로는 몸을 일으킬 수 없다.

운전사는 등을 이리저리 움직여 고개를 들고 힘들게 우리를 올려다보았다. 팔짱을 끼고 욕조를 내려다보고 있던 모모가 온화한 목소리로 말했다.

"욕조에 꽉 찬 물을 다 마실 자신이 없다면 조용히 있어라. 알겠냐?"

운전사는 알았다는 사인으로 끄덕였다. 끄덕인다고 해봐야 유일하게 자유로이 움직일 수 있는 고개를 상하로 움직이고 턱을 욕조 바닥에 쿵쿵 찧는 것밖에 없었지만.

"네가 시끄럽게 굴면 바로 이 녀석이 달려와서 수도꼭지를 틀 거다."

모모의 소개에 응하여 나는 최대한 냉혹한 인물로 보이

도록 사람 하나 익사시키는 것쯤 아무것도 아니라는 표정을 지었다. 어차피 스타킹 밑이지만.

우리는 완전히 얌전해진 운전사를 남겨두고 욕실에서 나왔다.

"욕실 바닥 마개를 빼내면 될 텐데 말이야."

모모에게 낮게 말했다.

"곧 깨닫겠지. 냉정해지면."

모모가 시시하다는 듯이 말했다.

실제로는 운전사가 마개를 빼기는 어려웠을 거라고 생각한다. 모모가 아주 꼭 막았기 때문이다. 유충은 발밑에 있는 욕실 마개를 뺄 수가 없다.

우리가 나갔다고 생각했는지 운전사가 어떻게든 욕실에서 탈출하려고 꿈틀거리기 시작한 모양이다. 피부와 욕조가 스쳐 끽끽거리는 소리가 난다. 거대한 벌레의 울음소리 같다.

거실로 돌아오니, 기지마 사쿠라가 의자째 바닥에 쓰러져 있었다.

"하나같이 말을 듣지 않고 난동을 부리네."

모모는 기지마 사쿠라를 거칠게 일으켜 끈이 느슨해지지 않았는지 확인했다. 갑자기 괴한이 습격하여 묶어놓으면 누구라도 틈을 보아 달아나려고 시도할 거라고 생각하지만, 모모에게 그런 상식은 통용되지 않는다.

"잠시라도 얌전히 있어."

모모가 기지마 사쿠라에게 그렇게 말하며 주방에서 가져온 타월로 눈을 가렸다.

기지마 사쿠라의 시야를 가린 후에야 겨우 우리는 스타킹을 벗을 수 있었다. 푹푹 쪘던 얼굴에는 실내의 미미한 공기조차 상쾌했다.

바깥은 완전히 날이 밝았다. 어느새 비바람도 잠잠해졌다. 거실 커튼을 열었다. 마음을 가라앉히고 찬찬히 둘러보니, 소파 세트와 텔레비전과 관엽식물에 이르기까지 상당히 인테리어에 신경 쓴 집이다. 주방 의자며 청결한 욕실이며 기지마 사쿠라는 '쾌적한 생활'을 중요시하는 것 같았다.

거실에는 현관으로 통하는 것과는 또 다른 문이 하나 있었다. 침실 문일 것이다. 우리는 그쪽으로 가지 않고 소파에 앉아 우다와 아리마가 도착하기를 기다렸다.

에어컨을 틀고 나서야 몸이 젖어 있다는 것을 깨달았다. 그러나 뜨거운 물로 샤워를 할 수도 없다. 욕실은 유충이 점거하고 있다. 흥분과 체온이 달아나는 것을 가만히 느끼고 있을 수밖에.

태풍이 다가왔다 멀어져간 탓에 심하게 오르내리는 기압. 에어컨을 튼 낯선 방. 소파 중앙에 앉아 우리의 기척을 정면으로 느끼며 사려 깊은 불상처럼 얌전하게 고개 숙이고 있는 여자.

나는 모모와 아주 좁은 장소에 있었습니다. 아주 농밀한 장소에. 바깥을 달리는 차 소리를 들으면서 그런 생각을 하고 있었던 걸 기억합니다.

우다와 아리마가 온 것은 오전 8시쯤이었다. 맨션 아래에서 만났다고 모모의 휴대 전화로 연락이 왔다. 모모는 현관 비밀번호를 가르쳐주고 둘이 올라오라고 말했다.

아리마는 첫 전철을 타고 시부야에서 자기 집으로 일단 돌아갔다가 샤워를 하고 옷을 갈아입고 밥을 먹은 후 기지마 사쿠라의 맨션으로 온 것 같다. 젖은 채로 아침을 맞은 나와 모모에 비해 밝고 건강해보였다. 물론 아리마는 우리가 갈아입을 옷을 갖고 온다거나 하는 센스 있는 인간이 아니다.

혹시나 우다는 하고 기대했지만, 방에 들어온 우다 역시 빈손이었다. 우다는 묶여 있는 기지마 사쿠라를 보고 만족스러운지 소리 없이 웃었다.

모모가 우다에 대해 알고 있는 비밀을 생각하니, 아무래도 자꾸 고개가 숙여졌다. 그러나 모모는 내게 비밀을 이야기한 것을 전혀 신경 쓰지 않는 모습이다. 금기를 금기라고, 비밀을 비밀이라고 인식하지 못하는 사람이다. 모모는 밝은 소리로 "욕실도 보고 와"라고 말했다.

아리마를 욕실로 안내했다. 스타킹으로 복면하는 것도 잊지 않았다. 우다는 거실에서 움직이지 않았다. 운전사에게 정체를 들키면 곤란하기 때문이다.

"울혈이 되었네."

아리마가 묶여 있는 운전사의 손발을 보고 말했다.

"엄청 나댔거든."

내가 대답했다.

운전사는 느릿느릿 시선을 움직여 욕실 안에서 우리를 올려다보았다. 아리마가 장난으로 샤워꼭지를 틀어도 지쳤는지 욕조 바닥에서 꼼짝하지 않았다. 개미집에 물을 부을 때처럼 전능감과 죄악감을 부추기는 광경이었다.

"관둬."

나는 샤워꼭지를 잠그고 아리마를 재촉하여 욕실에서 나왔다.

거실에서는 모모가 기지마 사쿠라의 재갈을 풀고 있는

참이었다. 모모는 타액에 젖은 수건을 집어서 바닥에 버렸다.

"사람이 늘었군요."

기지마 사쿠라는 눈가리개를 한 채 거실에 모인 우리의 기척을 살폈다. "당신들, 대체 뭐예요?"

"나 이외에는 입회인이니 신경 쓰지 마."

모모는 화장이 지워진 기지마 사쿠라의 뺨을 손등으로 어루만졌다. "당신은 소란을 피우지 말고 질문에 답만 해주면 돼."

우다는 소파에 앉아 모모와 기지마 사쿠라가 대화하는 모습을 묵묵히 바라보고 있었다. 나도 그 옆에 앉았다.

모모는 등 뒤에서 기지마 사카루를 안듯이 세워서 몸을 구부리고 귓가에 속삭인다.

"너는 다야마에게 여러 가지를 받았을 테지. 그걸 좀 나눠주었으면 한다."

"돈은 없어요. 전부 다 써버려서."

"정말일까?"

"거짓말 같은 거 안 해요. 통장을 봐도 좋아요."

기지마 사쿠라는 비명에 가까운 소리로 말했다.

"쉿."

모모는 기지마 사쿠라의 머리카락에 코끝을 묻었다. "알고 있어. 너는 솔직하게 대답해줄 거야. 그리고 또 다야마에게 받은 것은?"

"이 집하고 가게하고……."

기지마 사카루는 흐느꼈다. "나눌 수 있는 게 없다고요."

모모가 흘끗 우다를 보았다. 우다가 끄덕인다.

모모는 달래듯이 기지마 사쿠라의 몸을 부드럽게 흔들며 드디어 핵심에 파고들었다.

"여기까지 와서 나도 빈손으로 돌아가고 싶지 않아. 차분하게 잘 생각해봐. 뭐가 있을까? 옷이나 구두나 보석이나."

"그런 거라면 침실 장롱에……."

"열쇠는?"

"잠겨 있지 않아요."

아리마가 재빨리 행동했다. 침실에서 부스럭부스럭 장롱을 뒤지는 소리가 났다. 이윽고 아리마는 목걸이가 들어 있을 법한 벨벳으로 된 좁고 긴 케이스를 세 개 들고 돌아왔다.

우다는 케이스를 차례로 열었다. 어느 케이스에나 다이아몬드 목걸이가 들어 있다. 우다가 고른 것은 중간 굵기의 것이었다. 그것이 세 개 가운데 가장 투명하고 광채가 예리하다.

우다가 가리킨 케이스를 확인한 모모는 다시 기지마 사쿠라에게 말을 걸었다.

"당신이 몸으로 번 것을 전부 가져가는 것은 잔인한 얘기지."

나는 기지마 사쿠라의 무릎 위에 세 개의 케이스를 늘어놓았다. 그리고 우다와 아리마와 함께 기지마 사쿠라의 눈에 보이지 않도록 소파에서 일어나 모모 옆으로 이동했다.

"그러니까 당신이 골라줘."

모모는 기자마 사쿠라의 눈가리개를 풀었다. 움직이지 않도록 기지마 사쿠라의 얼굴을 뒤에서 양손으로 잡고 고정한다.

"이 중 하나를 주는 걸로 끝내자. 제일 비싼 걸 줘."

기지마 사쿠라는 무릎에 올린 다이아 목걸이를 비교하는 것 같았다.

"몰라요. 선물 받은 것이어서 가격은 몰라요."

"당신은 어떤 게 제일 가치가 있다고 생각해?"

기지마 사쿠라는 잠깐 망설이더니 알이 굵은 것을 가리켰다. 모모는 기지마 사쿠라의 귓불에 입술을 대고 낮게 웃었다.

"우릴 무시하지 마. 크다고 좋은 게 아니란 것쯤 안다고."

기지마 사쿠라의 목에서 길게 꼬리를 끄는 듯한 쉰 목소리의 비명이 터져 나왔다. 공포가 넘칠 때의 소리다. 내가 슬슬 한계인가 하여 말했다.

"옛날부터 이럴 때 큰 걸 고르면 대부분 손해를 본다고들 하지."

"그럼 작은 걸로 할까?"

모모가 기지마 사쿠라의 입을 손바닥으로 막으면서 일부러 우리에게 의견을 구했다.

"작은 다이아몬드 하나로는 안 되지."

아리마가 즉시 이의를 제기했다.

"좋아, 중간으로 하자."

목적이 어디에 있는지를 속이기 위해 우회에 우회를 거듭한 끝에 드디어 보물의 산에 도착한 순간이었다.

모모는 기지마 사쿠라의 무릎에서 목걸이 케이스를 한 개 들어 우다에게 건넸다. 우다는 은색 체인을 손가락으로 더듬어나가다 조심스레 다이아몬드를 만졌다. 우다의 어머니 몸속에서 꺼낸 다이아몬드를.

나는 아리마와 스타킹을 덮어쓰고 함께 욕실로 갔다. 아리마는 갖고 온 손수건을 비닐봉지에 넣고 뭔가 수상한 액체를 뿌렸다.

"뭐야, 그거?"

"클로로포름."

"그런 건 어디서 구했냐?"

"인터넷."

아리마는 욕실로 다가가 운전사의 머리를 잡고 얼굴을 치켜들고 약을 묻힌 손수건을 갖다 댔다.

"하하, 이 인간 숨을 안 쉬고 있네. 무리지."

순간 달콤한 냄새가 코끝을 스쳐갔다. 아리마는 참을성 있게 기다렸다. 그렇게 입과 코를 막고 있으면 클로로포름 탓이 아니라 질식해서 기절하지 않을까 싶을 정도로 오랜 시간.

가엾게 저항도 허무하게 운전사의 의식은 그날 두 번째 블랙아웃을 맞이했다.

우리는 쩔쩔매면서 젖은 몸의 운전사를 침실까지 날랐다. 차광 커튼이 처진 방에는 붙박이 장롱 외에 더블 침대와 목제 선반만 있었다. 선반에는 어울리지 않게 봉제인형이 몇 개 있었다.

거실을 가로지를 때 모모와 우다는 키스를 하고 있었다. 모모는 여전히 기지마 사쿠라의 입을 손으로 막고 그 등 뒤에서 우다와 수상한 소리를 내며 점막을 서로 핥고 있다.

"못 말리겠네."

아리마가 묶은 운전사를 거칠게 침대에 내동댕이쳤다. 처음으로 아리마와 의견이 맞았다.

모모는 기지마 사쿠라에게 말했다.

"지금부터 당신하고 운전사의 부끄러운 사진을 찍을 거야. 강도에게 당했다고 해도 아마 다야마에게는 통하지 않을 거야. 당신은 알고 있지? 다야마에게 수치를 준 애인이 어떻게 되는지를."

모모는 콧물과 타액으로 젖은 손을 떼고 기지마 사쿠라의 옷을 벗겼다. "여자는 숲으로 끌고 가서 나무에 매달았어. 그 전에 이런저런 심한 짓을 하지만, 뭐 당신을 너무 위협하는 것도 가엾으니까 말하지 않도록 하지. 바람을 피운 상대 남자는 필사적으로 도망쳤지만 결국 잡혔어. 손가락, 발가락을 한 개씩 시간을 들여 전부 자르고, 마지막에는 무거운 돌을 매달아 바다에 던졌다지."

보고 온 것처럼 담담하게 말한다. 어쩌면 그것은 모모가 몇 번이고 머릿속으로 상상한 자기 부모에 대한 이야기였을지도 모른다.

"당신은 그렇게 되고 싶지 않지? 그러면 잠자코 있어. 다야마에게도, 경찰에게도 오늘 일은 입 다물고 있는 거야. 그러면 목걸이 한 개 없어진 것쯤 아무도 눈치 채지 못할 테니까. 나도 당신도 앞으로 행복한 매일을 보낼 수 있을 거야. 알겠지?"

기지마 사쿠라에게도 클로로포름을 맡게 한 뒤 우다가 옷을 벗겼다. 운전사를 묶어둔 끈은 내가 가위로 잘랐다.

의식이 없는 두 사람의 몸을 침대 위에 뒹굴게 하고 서로 포개지도록 눕혔다. 모모는 그렇게까지 하지 않아도 좋다고 했지만, 우다는 소형 디지털카메라로 사진을 찍었다.

우리는 방을 원래대로 정리해놓고 주민 같은 표정으로 엘리베이터를 타고 맨션을 나왔다.

바깥에 나오니 비가 완전히 개어 있었다. 전리품인 다이아몬드가 우다의 목에서 빛을 발했다.

우리는 모모의 방으로 돌아와 쓰러지듯 거실에 널브러져 저녁녘까지 잤다.

그날 낮에 모든 미디어를 통해 중대한 발표가 있었다는 것 따위는 전혀 모른 채.

괜한 짓을 했다고 생각하는 사람도 있을지 모릅니다. 3개월 후에는 운석이 지구에 부딪칠 운명인데, 굳이 다이아몬드 하나를 훔치려 들다니.

그러나 나는 그렇게 생각하지 않습니다.

8월의 나머지 반을 우리는 모모의 방에서 그때까지와 다름없이 보냈습니다. 운석에 관한 화제는 거의 나오지 않았던 것 같습니다.

햇볕에 탄 아리마의 피부를 같이 살살 벗기며 즐거워했습니다. 우다의 쇄골에서는 소중한 목걸이가 반짝거렸습니다. 모모는 여전히 참을 수 없으면 직접 프루츠 샌드위치를 만들어 먹었습니다. 그리고 나는 그런 광경이 더할 수 없이 멋지게 느껴져, 여름이 영원히 끝나지 않았으면 좋겠다고 생각했습니다.

언젠가 죽을 거라고 해서 사는 것을 깨끗이 포기할 수는 없죠.

솔직히 말하면 지구가 3개월 후에 멸망할지도 모른다고 발표했어도, 처음에는 좀처럼 실감이 나지 않았습니다. 다이아몬드를 훔친다는 말을 들었을 때보다도 훨씬 더 나하고는 거리가 먼 일처럼 느껴졌지요.

로켓을 타고 살아남은 사람들에게는 공통된 기억으로 남아 있는 시간이라고 생각하지만, 3개월은 아무리 굳은 결심을 해도 운명을 피하기에는 너무 짧은 시간이었습니다.

"진보 모모스케를 아나?"

교문을 나가려는 찰나 뒤에서 그런 질문이 날아온 것은 9월 신학기가 시작되고 얼마 되지 않아서였다.

말을 걸어온 사람은 40대 초반으로 보이는 남자였다. 근처를 산책하는 것처럼 헐렁한 땀복 차림이었다. 하지만 누구라도 한눈에 남자의 직업을 추측했을 것이다. 땀복을 입은 목둘레에는 굵은 금목걸이가 보였고, 좁은 도로를 끼고 교문 맞은편의 상점가에는 아무도 타지 않은 흰색 벤츠가 서 있었기 때문이다.

학생들의 모습은 드문드문했다. 남자가 나한테 하는 질문이란 건 분명했다. 못 들은 척도 할 수 없어 멈춰 서서 대답했다

"글쎄요, 모르는데요."

"드디어 찾았군. 그 녀석은 친구가 별로 없구먼."

남자는 모른다고 했는데도 나를 강제로 벤츠 쪽으로 끌고 갔다. 그대로 유괴되는 건가 싶어서, 나는 힘껏 버티고 서서 도움을 요청하려고 소리를 지르려 했다.

"이야기를 들은 뒤에 소동을 부려. 티켓을 갖고 싶지 않냐?"

암표상인가 하고 "무슨 일입니까?" 물었다.

"바보, 티켓이라면 뻔하잖아. ……아니, 그것에 대해선 아

직 발표되지 않았지, 참."

남자는 나를 벤츠 조수석에 밀어넣으며 말했다. "잠깐 한 바퀴 돌까."

나는 시트가 가죽으로 된 차는 처음 타보았다.

남자는 온화한 표정으로 차를 몰았다. 언제라도 뛰어내릴 수 있을 정도의 속도였기에 내심 안심이 되었다.

"난 정말로 모모에 대해서 모릅니다."

"거기서 진보 모모스케를 아냐고 물었더니, 너 빼고는 전부 다 '압니다. 유명한 녀석이니까요'라고 대답했어. 야쿠자같이 생긴 내가 찾고 있는데, 감싸줄 생각도 안 하고 말이지."

남자는 순금제 담배 케이스에서 담배를 꺼내 역시 순금 라이터로 직접 불을 붙였다. 그런 걸 영화에서밖에 본 적이 없었던 터라, 내 눈에는 담배 케이스가 명함 지갑으로, 라이터는 도금된 장난감으로 보였다.

"내가 생각하기에 오늘 아침 저 교문을 지나간 녀석들 중에 네가 제일 그 녀석과 친해. 아니냐?"

대답을 할 수가 없어서 잠자코 있었다.

"나는 딸의 동향에는 언제나 신경을 쓰고 있거든."

남자는 온화한 어조를 유지하며 갑자기 화제를 비약시켰

다. "나쁜 벌레라도 붙으면 곤란하니 딸의 방만큼은 정기적으로 조사하지. 프로에게 시키는 거니 본인은 전혀 눈치 채지 못해."

이야기 도중에 혹시 하고 감을 잡았다. 고급스런 시트인데, 갑자기 앉은 자리가 불편해져서 엉덩이를 들썩거렸다.

각오를 단단히 해야 한다.

"요전에 딸의 소지품 가운데 묘한 것을 발견했다. 낯익은 목걸이야."

"무슨 말씀이신지요?" 나는 태연함을 가장했다.

차는 상점가를 빠져나가 학교 뒤쪽에 있는 주택가로 들어섰다. 남자는 신중하게 내 반응을 살피는 듯했지만, 이윽고 비치된 재떨이를 꺼내 담배를 끄고 주머니에 손을 넣었다. 인적 없는 주택가에 울려 퍼지는 총성. 피투성이가 되어 차에서 굴러 떨어지는 나. 그런 상상이 순식간에 뇌리를 스쳤지만, 남자가 내민 것은 한 장의 종이조각이었다.

"이걸 네게 맡기마. 사흘이 지난 후 모모스케에게 건네. 단, 사흘 동안에 네가 이걸 모모스케에게 건네고 싶지 않다고 생각한다면 네가 가져도 상관없어."

나는 받아든 종이조각을 바라보았다. '호우라이 3호 탑승권'이라고 적힌 종이였다. 위조 방지를 위한 모든 기술이

투입되었다는 걸 알 수 있었다.

"당신은 다야마 씨군요. 어째서 직접 모모에게 건네지 않으세요?"

차는 다시 교문 앞까지 돌아왔다. 남자는 좌석에 등을 깊숙이 기댔다.

"너는 뭔가 착각하고 있구나. 한 번 더 말하지만, 티켓을 맡은 네가 둘 중 한 가지를 선택할 수 있다. 첫째, 모모스케에게 건넨다. 둘째, 네가 가진다."

"제가 가져도 됩니까?"

"갖고 싶으면 마음대로 해."

"그렇지만 모모는 당신의 아들이잖습니까?"

"그걸 결정하는 건 내가 아냐. 로켓을 타서 서른이 넘을 때까지 살아남는다면 그 녀석은 내 아들. 하지만 티켓을 네가 사용해버린다면 그 녀석은 젊어서 죽게 되는 거지. 즉, 내 아들이 아니라 그 저주받은 요절 집안의 빌어먹을 녀석의 씨였다는 게 되지."

무슨 말인지 전혀 알아들을 수 없었다.

"누가 결과를 확인합니까. 다야마 씨도 이 로켓을 타십니까?"

"확인할 필요 따위 없어. 그 녀석이 알면 되는 거야. 자기

267

가 누구 아들인가를."

남자가 귀찮다는 듯 손을 저어서 나는 차에서 내렸다.

사라져가는 벤츠를 지켜보며 건네받은 티켓을 지갑 안에
넣었다. 어차피 지각이라서 천천히 길을 건넜다. 교문 있는
곳에 아리마가 서 있었다.

"그 사람 누구야?"

"모모의 아버지 후보."

아리마는 "흐음" 하고 지갑이 든 내 뒷주머니 쪽을 보았다.

"무슨 볼일이래?"

"글쎄, 모르겠다."

그날 아리마가 조금만 더 빨리 등교했더라면, 다야마는
내가 아니라 아리마에게 말을 걸었을 겁니다.

티켓을 맡은 것이 아리마였다면…….

나는 몇 번이나 그런 생각을 했는지 모릅니다. 아리마라
면 티켓을 모모에게 건넸을까. 아니면 역시 자기가 썼을까.

확실한 것은 아리마가 티켓을 손에 넣었더라면 내가 이
자리에 없었으리란 것, 그리고 이런 괴로움을 맛볼 일도 없
었다는 것입니다.

다야마의 의도가 어디에 있는지는 사흘 후에 대강 알게

됐습니다. 다야마는 모모에게 복수하기 위해 온 것입니다.

우다의 방에서 기지마 사쿠라의 다이아몬드를 발견한 다야마는 바로 범행 집단, 즉 우리에 대한 조사를 마친 것이지요.

딸과 그 친구들이 애인 집에 침입했다. 친구 중 한 사람은 자신의 아들일지도 모르는 아이인데다 딸과 사귀고 있다. 몇 겹으로 체면이 뭉개진 다야마는 "뒤처리를 하라"고 말하러 온 겁니다.

모모가 죽든 살든 어느 쪽이든 좋다. 다야마는 에둘러서 그렇게 말했다. 죽을 거라면 그때까지의 짧은 시간을 우다와 멋대로 지내면 된다. 살 거라면 그건 우다를 버리는 길이다. 어느 쪽이든 좋은 쪽을 고르라고.

다야마가 징그러운 것은 모모에게 직접 선택권을 주지 않고 다이아몬드 강탈에 한 패였던 내게 선택하게 했다는 점입니다.

나는 물론 세 번째 가능성을 눈치 채고 있었습니다.

내가 모모에게 티켓을 건넨다. 그러나 모모는 그 티켓을 자기가 쓰지 않고 누군가에게 줄지도 모른다.

하지만 나는 결국 마지막까지 모모에게 티켓의 존재를 밝히지 않았습니다.

살고 싶었어요. 내가 살아남고 싶었기 때문입니다.

나는 비겁했습니다.

지금 이렇게 로켓에 타기까지의 경위를 참회하듯이 이야기하는 것으로 조금이라도 마음의 부담을 덜고 싶다고 생각하는 나는 여전히 비겁합니다.

처음에는 집도 학교도 동네도 여름방학 전과 조금도 다르지 않았다.

그러나 그것은 엄청나게 낡은 저택에서 마룻바닥 하나 삐걱거리면 안 된다고 하여 모두 신중하게 발치를 확인하는 그런 분위기였다. 집이 조금 삐걱거린 순간, 모두 패닉에 빠져 뛰기 시작하자, 낡은 저택은 원형을 추측할 수 없을 정도로 산산이 붕괴한다.

평정이 유지된 것은 탈출 로켓의 존재가 발표될 때까지였다.

로켓에 대한 최초의 발표는 교문 앞에서 대기하고 있던 야쿠자에게 티켓을 받은 다음다음 날에 있었다. 남자가 내게 말한 사흘이란 로켓의 존재가 공개될 때까지의 시한이었던 것이다.

로켓에는 1000만 명밖에 탈 수 없다는 것. 탑승자는 엄정한 추첨으로 정해진다는 것.

새로운 정보가 제시될 때마다 사람들은 광분하고, 의심을 품고, 절망했다.

아버지는 회사에 가지 않고, 동생은 집에 돌아오지 않았다. 엄마는 친정으로 가버렸다. 변명처럼 남기고 나간 편지는 요약하자면 이런 내용이었다. 〈어차피 죽을 거라면 이렇게 비좁고 답답한 집이 아니라 자연이 풍요로운 고향, 내가 태어난 집이 좋다.〉 거실 테이블 위에서 그걸 발견했을 때, 나는 웃었다.

그렇게 '아버지가 열심히 일한 덕분에'라고 한 주제에 그 아버지가 지은 집을 엄마는 사실은 '비좁고 답답하다'고 생각하고 있었다. 역시 그랬군. 그래서 엄마의 설교는 언제나 진실이 느껴지지 않았던 거야.

기운 잃지 마세요. 나는 아버지에게 말해주고 싶었다. 운석이 지구에 떨어지면 이제 이 집 주택융자금을 내지 않아도 되잖아요, 하고. 그렇지만 낮부터 맥주를 마시고 텔레비전에서 나오는 '로켓 탑승 당첨자 번호 발표'만 지켜보는 아버지에게 그런 말을 했다간 정말로 살해당할지 모른다.

어차피 죽을 거라면 무슨 짓을 해도 상관없잖아 하는 식으로 집단으로 폭행이니 살인이니 제멋대로 저지르는 무리

들이 여기저기에서 동시다발적으로 발생하고 있었다. 아버지도 조금만 건드리면 금세 그쪽으로 흘러들어갈 위험이 있었다.

나는 망설였다. 지갑에서 몇 번이나 티켓을 꺼내서는 그것이 진짜인지, 진짜라면 나는 어떻게 해야 하는지 계속 망설였다.

티켓을 가족에게 양보할 생각은 눈곱만치도 없었다. 망설임은 오로지 남자가 말한 대로 모모에게 건넬지 아니면 내가 사용할지였다.

소문으로는 로켓 탑승자 추첨은 절대 엄정한 것이 아니라고 했다. 가혹한 상황 아래에서도 바로 전력戰力이 될 만한 특별한 기술이나 지식이 있는 사람. 그리고 자식을 낳을 수 있는 젊은 여성. 그런 사람이 우선적으로 '당첨'된다고 한다.

어느 쪽에도 해당사항 없는 나는 깊은 바다 속에서 햇빛을 보듯이 멍하니 침대 위에서 뒹굴며 티켓을 들고 바라보았다.

나는 정상적인 방법으로는 절대 로켓에 탈 수 없다.

묘한 우연으로 손에 들어온 티켓이 무겁게 느껴졌다. 다가오고 있는 운석 때문에 지구의 중력이 미친 건가 하고 진심으로 생각했다.

운석 따위에 대해서는 발표하지 않는 편이 차라리 친절하지 않았을까. '뽑힌 인간'만이 슬쩍 로켓을 타고 우주로 도망치고, 아무것도 모르는 채 남겨진 자들은 어느 날 쾅 하고 순식간에 지구째 날아가 버린다. 그편이 훨씬 좋았을 텐데.

〈전문가가 내다보는 운석 충돌 가능성!〉 같은 기획이 한때 텔레비전과 잡지를 시끄럽게 했다. 그러다가 잡지는 가판대에서 사라지고, 텔레비전은 〈로켓 탑승 당첨자 번호 발표〉만 방영하게 되었다.

그런 상황 속에서 학교에 가려고 하는 사람들은 교사를 포함해서 점점 줄어들었다.

모모는 여전히 꿋꿋하게 등교했다. 나는 그것이 좀 의외였다. 운석이며 운명의 부조리에 대해 분노를 품고 길에서 알지도 못하는 사람에게 닥치는 대로 폭력을 휘두를 타입으로 보였는데.

내가 마트료시카를 또다시 보자기로 둘둘 말 것 같은 간접화법으로 그런 말을 하자, 모모는 드물게 진의를 읽고 진지하게 대답했다.

"난동부리는 녀석들이 하고 싶은 말은 어차피 죽을 거니

뭘 해도 상관없다, 이걸 거야. 그렇지만 운석이 충돌할 거란 사실을 알고 난 후에 굳이 그런 말을 하는 건 우습지 않냐?"

모모는 참으로 이상하다는 듯이 말했다. "죽는 것은 태어날 때부터 정해져 있었던 거 아니야? 새삼스럽게."

반 아이들 대부분이 결석하고, 출근한 몇 안 되는 교사도 수업 따위는 팽개친 상태라서 교실은 물고기 없는 수족관처럼 휑하니 정적만 깔려 있었다.

나는 티켓 이야기, 티켓을 가져온 남자 이야기는 꺼내지 않은 채 이런저런 이야기를 했다. 여름방학 전까지는 교실에서 돌처럼 말없이 지내던 모모도 내가 말을 걸자 대답을 해주었다. 그렇게라도 하지 않으면 너무나도 조용해서 하루종일 머릿속 음악하고 놀아야 해서 괴롭다고 했다.

"아리마는 가족 여행을 갔어. 일주일쯤 지나면 돌아오겠지."

모모가 말했다.

"아리마가 가족 여행을 가다니 상상이 안 되네. 여행지에서도 게임이나 하고 있으려나."

"그 집 가족은 사이가 좋으니까. 운석이 충돌하는 기념으로 여행을 하기로 했을 거야."

농담인가 생각했지만, 모모의 얼굴은 진지했다. '기념'이라는 것은 이상하다. '마지막 추억 만들기'라고 하는 것이 어울린다. 그러나 아리마가 평소의 무뚝뚝한 얼굴로 가족과 여관 같은 데서 밥을 먹고 있는 모습을 상상하면 '기념'이라도 뭐 괜찮네 하는 생각이 들었다.

"우다는 어떻게 지내?"

"도리코는 할머니 집에 가 있어. 그렇지만 밤에는 항상 우리 집에 와."

"무슨 말 안 해?"

"무슨 말?"

"운석이나 로켓에 대해."

"별로. 아무 말도."

우다는 자기 아버지가 모든 걸 알고 있다는 것을 모를 것이다. 그리고 모모도. 나는 그렇게 판단했다. 티켓에 대해 점점 말하기 힘들어졌다.

말하지 않으면 티켓은 고스란히 내 몫이 된다.

콘크리트에 반사된 빛 속에 여름의 흔적이 희미하게 느껴지는 옥상에서 어느 날 모모에게 물어보았다. "왜 학교에 오는 거야?"

모모의 대답은 "달리 할 일이 없으니까"였다.

이 이상 내 마음을 적확하게 표현할 말은 없었다. 정말로 할 일도 할 수 있는 일도 아무것도 없다.

기한인 3일은 옛날에 지나고, 나는 그 무렵에는 이미 티켓에 대해서 잊으려 하고 있었다. 분명 가짜일 것이다. 그 야쿠자는 애인이 망신당한 보복으로 모모와 그 친구들 사이에 작은 파문을 일으키고 싶었던 것뿐이다.

운석이 떨어질 때까지 평소처럼 생활할 수밖에 없다. 가족도 반 친구도 선생님도 모두 빨리 그 사실을 깨달으면 좋을 텐데. 평소의 생활로 돌아가서 마지막 순간까지 '가족놀이'며 '학교놀이'를 즐기자.

그러나 내가 아무리 그렇게 바라도, 어딘가로 모습을 감춰버린 사람들은 절대 돌아와주지 않는다. '운석'이라는 터무니없는 공포의 상징이 내가 살고 있던 세계의 근본에 있는 뭔가를 철저하게 손상시켜버렸기 때문이다.

닥쳐오는 운석의 존재를 모르고 있으면 그것은 그냥 깨끗하게 뿌리째 빼앗기는 것으로 끝났을 것이다. 빼앗겼다는 사실도 의식하지 못할 만큼 갑자기.

그렇게 생각하니 지구를 멸망시키는 것은 운석 그 자체가 아니라 운석을 무서워하는 인간의 상상력인 것 같았다. 실제로 아직 운석은 부딪히지 않았는데 일상은 여기저기에서 망가지기 시작하고 있다.

해야 할 것도 할 수 있는 것도 떠오르지 않았다. 적어도 '하고 싶은 것'에 대해 생각해보기로 했다. 그러나 앞으로 3개월도 지나지 않아 죽는다고 생각하면, 좀처럼 '하고 싶은 것'도 없다. 모든 것이 무의미하게 느껴진다. 그러다가도 또 "혹시 정말로 진짜라면?" 하면서 생각이 티켓으로 돌아간다.

나는 그걸 뿌리치기 위해 모모에게 물었다.

"지금 뭔가 하고 싶은 것 없어?"

모모는 옥상 담장 너머로 동네를 바라보면서 프루츠 샌드위치를 먹고 있었다. 매점도 어느새 닫혀버렸다. 모모가 직접 만들어서 가져온 것이다.

"응?" 모모는 빵을 문 채 돌아보았다. "차를 마시고 싶네."

사다두었던 종이팩에 든 차를 모모에게 던졌다. 이 아이와 있으면 지구가 위기 상황에 있다는 사실을 까맣게 잊어버리겠군 하는 생각이 들었다.

"그런 거 말고. 꿈이랄까? 더 장기적인 안목으로 계획한 '하고 싶은 것' 말이야."

"오래 살고 싶어."

모모가 말했다.

손가락 끝에서 대단한 기세로 핏기가 사라지는 걸 느꼈다. 시험당하고 있다는 생각이 들었다. 나는 내 마음을 시험당하고 있다. 천체의 운행도 사람의 생사도 마음대로 조종하는 비정한 무언가에.

모모는 3개월도 지나지 않아 죽을 게 거의 확실하다는 사실은 전혀 안중에도 없이 말을 계속했다.

"지겨울 정도로 오래 살고 싶어. 도리코도, 도리코와 이별한 다음에 사귈 여자들도, 모두 나이 먹어 죽어버린 뒤까지 나는 살아 있고 싶어."

모모의 장수 희망을 듣는 것은 그것이 처음이 아니었다. 그러나 나는 그때 처음으로 "어째서?" 하고 물었다. 어째서 그렇게 오래 살고 싶은 거야? 분명 그 목소리는 심하게 떨고 있었다.

"누군가를 좋아했던 기억마저 없어질 정도로 살아서, 내가 죽어도 죽었다는 걸 알아줄 사람이 한 사람도 없을 정도가 되면, 그때 비로소 나는 정말로 자유로워지지 않을까?"

모모는 무엇에서 자유로워지고 싶었던 걸까. 어두운 곳에 있는 두 남자가 자신이야말로 네 아버지라고 손짓을 하는, 그런 상황에서일까. 대답이 돌아오지 않는 질문을 계속하면서 몇 번이고 마음속의 깊은 숲에 들어가 엄마를 찾는 그

허무함에서일까.

"나는…… 마지막에는 누군가와 함께 있고 싶어. 둘만 되고 싶어. 이 세상에 단 둘만. 운석이 충돌하면 나와 그 사람의 몸은 증발해서 순식간에 우주로 흩어지는 거야."

"누구하고?"

"한심한 생각이지. 그럴 상대도 없는 주제에."

"로켓 추첨에는 응모했어?"

"설마."

모모는 담장에서 떨어져 내 앞에 구부리고 앉았다. "당첨될 리가 없잖아. 타는 인간들은 벌써 다 정해져 있는데. 정치가며 부자들이."

"만약, 만약에 티켓이 한 장 손에 들어왔다 치자. 모모는 그걸 어떻게 할 거야? 장수하기 위해서는 역시 로켓을 타야 하겠지?"

모모가 고개를 갸웃거리며 내 얼굴을 바라보았다. 이상한 걸 묻는군, 하는 얼굴로 희미하게 웃으면서.

"네게 줄게." 모모가 말했다. "갖고 싶으면 네게 줄게."

모모는 모두 알고 있다.

나는 눈을 감고 기나긴 한숨을 토했다.

아리마가, 내가 벤츠에서 내린 이야기를 모모에게 한 게 분명하다.

모모는 어떤 기분으로 그 며칠 동안 내 언동을 보고 있었을까. 인간에게 생길 수 있는 거의 모든 감정이 내 속에서 폭풍처럼 휘몰아쳤다. 나는 두 번 다시 눈물을 흘리지 않고, 생각하지 않고, 사랑하지 않는 야수가 되고 싶었다.

나를 향해 내뱉은 모모의 마지막 말은 그러나 뜻밖에도 부드러웠다. 모모의 속에 끊임없이 흐르는 음악이란 게 이런 선율일까 싶을 정도로.

"서로의 꿈을 교환하는 것도 좋을 거야. 너는 혼자 오래 살아. 나는 도리코와 함께 지구에 남을래."

그것도 내 희망사항이었던 것 같다.

내가 다시 눈을 떴을 때, 이미 모모의 모습은 옥상에 없었다.

모모에 대해 아무리 이야기해도 이제 와서 뭔가를 되찾을 수는 없다. 이것은 나의 일방적인 기억에 지나지 않고, 모든 것은 옛날이야기가 되어버렸기 때문이다.

하지만 나는 시키는 대로 내 목소리를 금색 디스크에 남겨두기로 했다. 디스크는 매끈한 실버 메탈릭 캡슐에 들어가 우주공간을 떠돈다.

내 마지막 여름을 담아서.

여기에는 계절이 없다. 끈적하고 눅눅한 여름의 습기도, 모공이란 모공이 전부 움츠러드는 것 같은 겨울의 바람도 없다.

나는 상상한다.

언젠가 어느 행성에 캡슐이 흘러갔다고 치자. 거기에는 어쩌면 극채색 날개를 가진 새가 있어서 반짝이는 디스크를 진기한 보물처럼 생각하여 보금자리로 가져갈지도 모른다.

어쩌면 디스크를 재생할 능력을 가진 생명체가 있어서 흐르는 내 목소리를 음악처럼 들을지도 모른다.

나는 상상한다.

회전하는 디스크에서 흘러넘치는 평평한 음계에 질리지도 않고 귀를 기울인다. 모모와 닮은 사람의 모습을. 눈을 감고 고개를 숙인 채 꼼짝도 하지 않는 그 옆얼굴을.

들리냐? 들었으면 좋겠다.

모든 것이 끝난 뒤에도 이 목소리가 계속 이야기하는 모모와 함께 보낸 여름날의 추억을.

뭔가를 이야기로 남겨서 전하고 싶다고 생각할 때는 분명 어떤 변화가 일어났을 때이다.

기쁨인지 슬픔인지 놀라움인지 정확하지는 않지만, 어쨌든 영원히 계속될 것처럼 생각되던 일상 속에 비일상적인 것이 살며시 들어왔을 때, 그 사건과 체험에 대해 누군가에게 이야기하고 싶은 충동이 생긴다.

누구라도 좋다. 아무에게라도.

사람은 변화하는 세계를 말로 파악하는 존재니까.

어떤 상황에서도 말을 매개로 누군가와 연결되었으면 하고 바라는 존재니까.

사람들의 입에서 입으로 이야기되는 것을 통해 살아남은 이야기는 사람들에게 그렇게 전해지리라 생각한다.

화자의 익명성을 지킬 것. 『옛날이야기』라고 이름을 붙여,

이러이러한 내용으로 할 것. 이 모든 것은, "만약 지금 '옛날이야기'가 만들어진다면"이라는 가정에서 생겨난 결과이다.

〈일본의 옛날이야기〉가 이 책 속에서 어떻게 바뀌어서 이야기되는지 즐겨주시면 기쁘겠다.

종말에 대처하는 우리들의 자세

"지구는 3개월 후에 운석과 충돌하여 멸망하게 됩니다."

만약 이런 방송이 나온다면, 사람들은 남은 3개월의 삶을 어떻게 살까?

어차피 3개월 뒤면 죽을 목숨이라고 자포자기해서 사는 사람, 죽기 전에 하고 싶은 일 실컷 해보자고 하는 사람, 3개월 뒤의 일 따위는 미리 걱정할 필요 없으니 지금처럼 성실하게 살자고 하는 사람……, 등등 종말에 대처하는 사람들의 모습은 다양하지 않을까.

일곱 편의 단편이 실린 『옛날이야기』는 각 편이 전혀 다른 이야기인 듯하면서, 처음부터 끝까지 교묘하게 연결되어 있다. 이사카 코타로의 표현을 빌리자면 '단편집인 척하는 장편소설'이랄까. 첫 편인 〈러브리스〉와 마지막 편인 〈그리운 강가 마을의 이야기를 해볼까〉가 이어지는 이야기인 탓에 그런 느낌이 더욱 강렬한지도 모르겠다. 전 편을 관통하는 화두는 앞에서 언급한 것처럼 '3개월 후에 운석이 충돌하여 지구에 종말이 온다면?'이다. 운석의 충돌, 지구의 종말 운운하니 SF 소설인가 오해하실 분들이 있을지 모르나, 지극히 평범하게 오늘을 살아가는 청춘들의 이야기다. 이런 평화로운 지구(물론 어느 한 구석에선 전쟁이 끊이지 않고, 어느 한 구석에선 기아로 허덕이는 평화롭지 않은 지구의 모습도 있지만) 생활이 영원히 계속되리라 믿고 있지만, 어느 날 갑자기 "3개월 후에……." 운운하는 뉴스 속보가 나올지도 모르는 일이다. 그럴 때, 이 책에 나오는 화자들은 다가온 종말에 어떻게 대처할까?

『옛날이야기』는 호스트바에서 일하는 호스트, 빈집털이
범, 삼촌과 연애를 한 여고생, 여장을 하고 다니는 택시 운
전사 등등 독특한 캐릭터들이 화자가 되어 누군가에게 자
신의 이야기를 들려주는 형식으로 펼쳐진다. 또한 재미있
는 것은 매 편이 시작될 때마다 유명한 일본의 옛날이야기
가 짤막하게 들어간다. 작가후기에서 작가도 말했지만, 이
『옛날이야기』는 미우라 시온판 현대 버전이라 할 수 있겠다.
〈할아버지가 산에 가서 대나무를 잘랐더니, 대나무 안에서
예쁜 아기가 나왔다(다케노히메)〉가 〈야쿠자가 호스트와
바람을 피워 임신한 애인을 죽였으나 뱃속의 아기는 살아났
다(그리운 강가 마을의 이야기를 해볼까)〉 식으로.

다른 행성으로 탈출할 수 있는 로켓 탑승자가 1000만 명
으로 한정되어 추첨으로 당첨자를 뽑는다 하는데, 그 로켓

에 타려고 기를 쓰는 사람이 아무도 없다. 택시 운전기사는 오늘도 담담하게 종말을 기다리며 택시를 몰고 텅 빈 거리를 달린다. 늦은 밤 긴자에서 태운 택시 손님은 곧 종말이 온다는데 에스테틱을 다니며 피부를 관리하고, 끊임없이 성형을 한다.

종말 직전의 분위기라는 게 살고 싶어 발버둥치는 사람들로 아수라장이 된 것이 아니라, 지극히 담담하고 태연하게 묘사되어 그 허무함이 오히려 소름끼치게 종말을 실감나게 한다.

〈꽃〉은 유일하게 로켓에 탑승하여 지구를 탈출한 여자의 이야기다. 책을 다 읽고 난 후, 다시 〈꽃〉으로 돌아가 한 번 더 음미해보시기 바란다.

세월이 아주 많이 흐른 뒤에 후세 사람들은 "옛날에 지구란 별이 있었는데, 거기 사는 사람들은 이렇게 살았단다" 하고 이들의 이야기를 아들딸에게 들려주려나. 그리 아름답진 않은 지구인의 이야기이지만.

군이 운석이 지구에 충돌하지 않더라도, 우리 모두는 죽음이라는 종말을 안고 매일을 살아가는 셈이다. 종말을 앞두고서도 아무 일 없다는 듯이 태연자약하게 일상을 살아가고 있지 않은가. 전력질주를 하는 일상 속에서 문득 속도를 늦추고, 삶과 죽음과 인생에 대해 한번쯤 뒤돌아보게 하는 소설이었다. 뒷맛이 어찌나 진하고 오래 가던지…….

열다섯 살의 정하에게 사랑을 보내며,

권남희